4 GENRES
TASCHENBUCH
Horror Western Krimi
Science Fiction

Renate & Uwe H. Sültz
Bücher von A bis Z

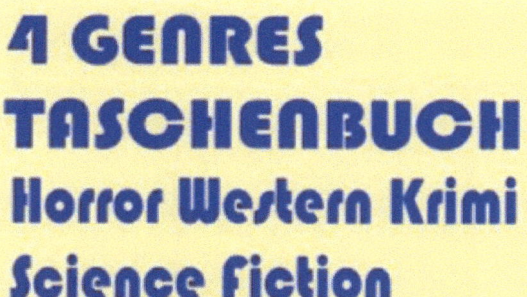

Der Omega-Punkt

OLDTIMER

BoD

Im Frühling erwacht der Oldtimer

OLDTIMER
& YOUNGTIMER
KFZ-CHECKLISTEN
PROTOKOLL
KONTROLLEN

Uwe H. Sültz

lass' endlich los
und du wirst
Herr über die Zeit

Familiengeschichten für Kinder

Uwe H. Sültz

BoD - Books on Demand
Norderstedt 2021

Bibliografische Information durch die Deutsche Nationalbibliothek
Die Deutsche Nationalbibliothek verzeichnet diese Publikation in der
Deutschen Nationalbibliografie; detaillierte bibliografische Daten
sind im Internet über http://dnb.dnb.de abrufbar.

Bücher aus Königsborn

bei

SÜLTZ

BÜCHER

© **Renate & Uwe H. Sültz**

Herstellung und Verlag:

BoD – Books on Demand, Norderstedt
ISBN 9-78375-4-34212-1

SÜLTZ BÜCHER, SUELTZ BOOKS INTERNATIONAL und **WARDENGA BOOKS USA** ermöglichen werdenden Autoren die Möglichkeit, ihre Kurzgeschichten vorzustellen.

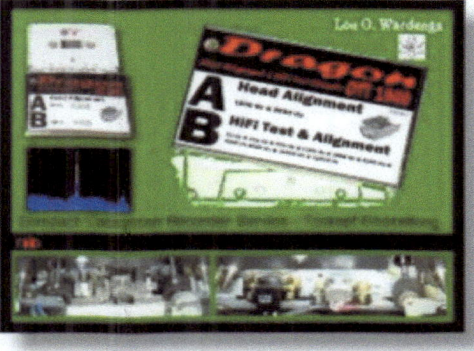

ausverkauft ausverkauft

ausverkauft

SciFi

von

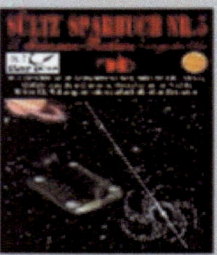

SÜLTZ BÜCHER... bekannt mit den Gesundheits-Tagebüchern!

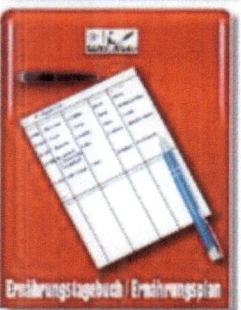

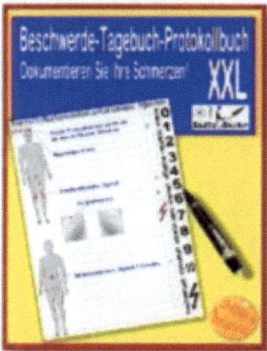

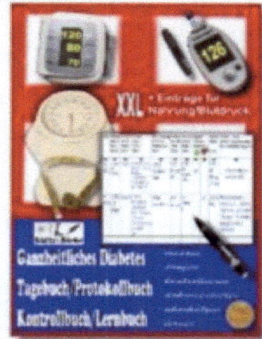

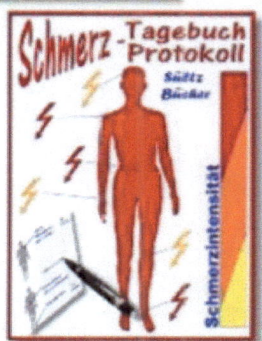

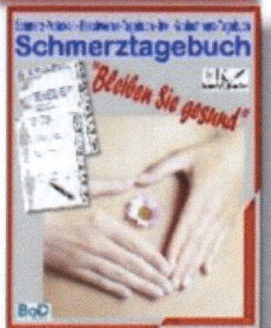

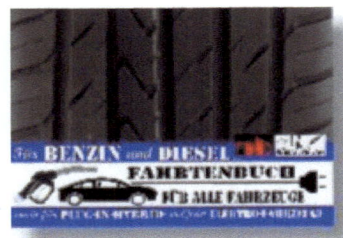

UNSERE KINDERBÜCHER…
MIT DEM BOD-BESTSELLER
BAUERNHOF DER TIERE

Das Schweinchen Kiecks
und andere Kindergeschichten

ISBN 978-3-95744-286-4

Unsere Kinderbücher.

Fitus, der Sylter
Strandkobold

ISBN 978-3-95744-758-6

Fitus, der Sylter
Strandkobold
Gute-Nacht-Geschichten

ISBN 978-3-73922-001-7

Wolfgang "KOLI" Kolrep verabschiedet sich von der Öffentlichkeit mit einer Zusammenstellung dieses Buches. Auf der letzten Seite lesen Sie etwas über das Autorenpaar SÜLTZ AUF SYLT.

9 Hacker ohne Skrupel

12 Der Sichel-Mörder

28 AUF IN DEN WILDEN WESTEN MIT WYATT EARP

96 Ausverkauf

100 Das Auge

104 Das Unheil kam aus dem Labor

110 Der Opfergang

117 Mission X – Was war vor dem Urknall?

125 Das Weiße im Schwarzen Loch

129 Die Weltpolitik macht Ernst

134 Das Duell

Hacker ohne Skrupel

Über die Straßen von San Francisco werden eilig in Krankenwagen viele Patienten auf andere Krankenhäuser verteilt. Die Polizei sorgt für freie Wege. Die Nähe der Stadt zur San-Andreas-Verwerfung birgt ein erhöhtes Risiko für Erdbeben. Am 18. April 1906 ereignete sich das bislang schwerste Erdbeben. Es erstreckte sich von San Juan Bautista bis Eureka und hatte eine Stärke von 7,8 auf der Richterskala. Als Folge von Bränden und Sprengungen wurden dabei rund 3000 Menschen getötet und drei Viertel von San Francisco zerstört, beziehungsweise erheblich beschädigt. Dieses Mal sieht es so aus, als würden noch weit viel mehr Menschen ihr Leben verlieren. Und mittlerweile leben in San Francisco über 900.000 Menschen. Warum werden so viele Patienten in andere Krankenhäuser verteilt? Was ist passiert? Rückblick:

2025 wurde das neue Krankenhaus an der Howard Street Ecke Main Street von der Präsidentin der USA, Kamala Harris, eingeweiht. Die Straßen von San Francisco sind vollkommen überfüllt. Der Bürgermeister und sein Team suchten eine schnelle Möglichkeit um schneller in den Osten, etwa nach Oakland zu kommen. Dies geschieht nun über die Oakland Bay Bridge. Das „New Future Hospital" ist das wohl weltweit modernste Krankenhaus in den USA. Durch eine eigene Satelliten-Anbindung ist das New Future Hospital mit allen Krankenhäusern und Entwicklungslaboren auf der gesamten Welt verknüpft. So ist das Chinesische Coronavirus, jetzt Typ 5B2, auch in den USA wieder ausgebrochen und innerhalb von 3 Wochen im New Future Hospital besiegt worden. Damals im Jahr 2020/21 sind Millionen Menschen weltweit gestorben. Auch dieses Virus, Type 5B2, forderte weltweit viele Menschenleben in 2025. Rund um die Welt sind innerhalb von wenigen Stunden Gegenmaßnahmen hergestellt und verteilt worden. So ein schleppendes Handeln wie 2020 soll es nie wieder geben.
Ein Erdbeben oder der Virus waren es nicht, was die Massenevakuierung ausgelöst hat, aber mit dem Wort Virus hängt es schon zusammen. Virus bedeutet schon vom Wort her „Gift". Bislang stürzten Programme ab, es wurden Freischaltungsgelder verlangt. Einmal gestartet, kann es Veränderungen im Betriebssystem oder an

weiterer Software vornehmen, mittelbar auch zu Schäden an der Hardware führen. Als typische Auswirkung sind Datenverluste möglich. So ist die Sachlage dieser Kriminalität. In diesem Fall liegt der Sachverhalt jedoch anders. Ein Virus wurde in die Computer des New Future Hospital eingeschleust. Alle Alarmsysteme bemerkten nichts, denn es kam zu keinem Computerabsturz. Auch gab es keine Männchen oder Geldforderungen auf dem Bildschirm. Alles lief so wie immer. Der automatische Medikamentenverteiler (Drug Distributors DD1) lief vollautomatisch. Das System DD1 gibt automatisch die passenden Medikamente direkt im Zimmer der Patienten aus. Eine Klappe öffnet sich zum richtigen Zeitpunkt, ein Becher fällt aus einem Bechervorrat und wird automatisch mit Wasser gefüllt. Dieses System ist in allen Zimmern vorhanden. Der behandelnde Arzt gibt die Daten in das Computersystem ein, alles Weitere wird automatisch erledigt, sogar Nachbestellungen von Medikamente bei den günstigsten Produzenten. Aber immer noch nicht ist das Problem erkannt. 83 Patienten sind innerhalb von 24 Stunden gestorben. Über 500 hätten es sein können, wenn das Hospital nicht sofort evakuiert worden wäre. Detective Lieutenant Jack Stones und der Computerexperte Bill Wates untersuchen den Cyberangriff. Für einen Computerexperten, der jede Computersprache beherrscht, etwa C oder Java, wobei alles mit Basic und der Maschinensprache begann, ist der Fehler schnell gefunden. Mittlerweile sind alle Patienten außer Gefahr, denn alle Krankenhäuser untersuchten und behandelten die Patienten nicht nach dem Automatik-Plan, sondern von Ärzten und Krankeschwestern. Und genau das wurde bei dem Automatik-Programm des New Future Hospital zum Problem. Bill Wates findet heraus, dass Medikamente vertauscht wurde und   sogar ausgetauscht wurde. Da keine zusätzliche Medikamente eingebracht wurde, die zuerst durch einen Arzt abgesegnet hätte werden müssen, bemerkte das Computer-Schutzprogramm nichts. Auf diese Weise starben die Patienten, wegen falscher Medikamente. Wer könnte solch einen Anschlag verüben? Das Warum könnte Geld sein. Ins Programm kann ein Hacker gekommen sein. Aber wie veränderte der Hacker das Programm. War es eine Mail mit Anhang? Fragen über Fragen. Wates arbeitet nun mit einem Ärzteteam zusammen, um alle Fehler des automatischen Medikamentenverteilers DD1 auszuräumen. Selbstverständlich wurde das Krankenhaus vom Netz genommen.

Durch die eigene Satelliten-Anbindung scheint die Internetverbindung wohl sicher zu sein. Alle weiteren Krankenhäuser haben schließlich keine Probleme. Aber sicher ist sicher.

Detective Lieutenant Jack Stones war Polizist durch und durch. Er vermutete eher einen Feind in den eigenen Reihen. Jeder, der zum Computer Zutritt hat, wird vernommen. Jeder musste zur SFPD Tenderloin Station in die Eddy Street Ecke Jones Street. Jeder wurde hart ausgefragt, denn es gab schließlich 83 Tote und es hätten weitaus mehr werden können. Der Arzt aus dem Austauschprogramm New York/San Francisco, Dr. Norman Jonson, gestand schließlich, dass er einen USB-Stick vor der Frauen-Umkleidekabine gefunden hat. Er vermutete Nacktbilder von Krankenschwestern darauf. Sofort wollte er den USB-Stick ansehen und kopieren. In der Tat waren Pornografische Bilder zu sehen, aber nicht vom Krankenhausteam. Den Stick stellte er bereitwillig der Polizei zur Verfügung. Jonson gestand außerdem, diesbezüglich krank zu sein.

Für Detective Lieutenant Jack Stones stand immer fest, ein Erpresser will, dass jeder weiß, wer er ist. Das ist das Resultat aus 30 Jahren Kriminalität. Und genauso sollte es wieder sein. Ein Bekennerschreiben lag nach vier Tagen vor. Es wurden drei Millionen Dollar verlangt. Der Zusatz könnte den Urheber verraten. „Das habt ihr nun davon!"

Stones vermutet, da der Brief in bester Grammatik geschrieben ist und der USB-Stick im Krankenhaus gefunden wurde, dass es sich um einen Insider handeln würde, so wie er es von Anfang an vermutet hat. Sofort wurde die Personalabteilung tätig. Treffer! Der Informatiker Jeff Linder ist vor einiger Zeit entlassen worden. Er war an der Entwicklung des Computerprogramms beteiligt und forderte eine feste Anstellung. Jedoch waren seine finanziellen Forderungen astronomisch, er war Spieler. Linder wurde festgenommen und seine private Computeranlage eingezogen. Die aus dem Darknet kopierten Nacktbilder waren zwar gelöscht, aber die Kriminalbeamten konnten die Dateien wiederherstellen.

Linder gestand und erwartet demnächst sein hartes Urteil. Das New Future Hospital arbeitet wieder und das Programm DD1 läuft einwandfrei.

Der Sichel-Mörder

Es war das Jahr 1896 in London ...

Unheimliche Nebelschwaden legten sich über die Stadt. Es trieben sich unzählige zwielichtige Gestalten in der Stadt herum. Elektrische Laternenbeleuchtung gab es noch nicht. Straßen, und sogar kleinere Nebenstraßen, waren mit dickem Kopfsteinpflaster überzogen. Schritte im Dunkeln konnte man sehr deutlich hören. Bei diesem dicken Nebel war es gruselig in der Nacht.

An einem Freitagabend gegen 21 Uhr, es war wie gesagt kalt und neblig, hielt eine Kutsche genau vor dem Pub von Andree Stone. Ein hagerer Mensch, ganz in Schwarz gekleidet, stieg aus dem Pferdewagen. Er bewegte sich langsam, es war unheimlich anzusehen.

Andree Stone, der Wirt, war ein biederer, alter Mann, der die letzten Jahre in seiner beliebten Bierstube verbringen wollte. So konnte er sich noch ein paar Pfund Sterling verdienen, um die Unkosten des Pubs begleichen zu können. Er rechnete nicht damit, dass um diese Zeit noch ein Gast kam. Heftig pochte dieser an die Scheibe des kleinen Fensters. Wortlos öffnete der Wirt die Tür und deutete mit einer Handbewegung an, dass eingetreten werden kann. Auch dieser suspekt wirkende Herr sprach nicht.

Die schwarze Kleidung und der schwarze Hut, der weit ins Gesicht hing, machte Andree Stone Angst. Außerdem trug der Herr einen schwarzen Koffer mit sich, den er fest in seiner linken Hand hielt. Um Mitternacht war der Pub immer noch durch die zahlreichen Gaslaternen hell beleuchtet. Irgendwann muss der in Schwarz gekleidete Herr den Pub wieder verlassen haben. Niemand hat ihn gesehen und niemand weiß, was sich im Pub abgespielt hat.

Gegen Morgen des folgenden Tages brachte der Zeitungsbote die Daily Mail in den Pub. Der Bote klopfte wie immer an die Tür. Stone rief aber nicht „Komm' herein in die gute Stube". Vorsichtig öffnete der Bote die Tür zum Pub. „Herr Stone! Ihre Daily Mail ist hier!", rief er. An der Theke angekommen bemerkte er, dass er in irgendetwas Glitschiges getreten hatte. Der Bote blickte auf den Boden und erschrak. Andree Stone lag in seinem Blut. Der Kopf, Arme und

Beine lagen abgetrennt neben dem Torso. Das Blut war komplett aus seinem Körper gelaufen und bildete eine entsprechend große Blutlache.

Von der Polizeiwache, 26 Old Jewry, kam der Beamte Jack Harris in den Pub. Jack Harris drehte sich mit einem verzerrten Gesicht um, als er den Toten sah. Sein Mageninhalt drohte sich selbstständig zu machen. So etwas Grausames hatte er in seiner gesamten Laufzeit als Kripobeamter nicht gesehen.

In einer exakt gerade geschnittenen Linie wurden dem Pub-Besitzer der Kopf und die übrigen Gliedmaßen abgetrennt.

In den darauf folgenden Monaten wurden noch viele Morde gemeldet, die diesem Mord gleich kamen. Immer wieder fanden Kommissar Harris und seine Kollegen zerstückelte Leichen. Es gab aber kein Muster. Niemand wusste, wer das nächste Opfer werden würde. Es traf sogar den armen Daily Mail-Boten. In einer Nebengasse suchte sich sein Blut in den Fugen des Kopfsteinpflasters einen Weg zum Abwasserkanal. Eine Prostituierte ist diesem unheimlichen Mörder ebenfalls zum Opfer gefallen. Ihr nächster Freier bekam einen Nervenzusammenbruch, als er Arme und Beine in der Wohnung verteilt liegen sah. Das Bett der Prostituierten war blutrot gefärbt ... die Matratze völlig durchnässt. Und in einem Fall wurde der Mord entdeckt, weil durch den Holzboden Blut in die darunterliegende Wohnung tropfte. Der Getötete war ein Apotheker. Wie gesagt, es ließ sich kein Zusammenhang herstellen.

Kommissar Harris setzte sich mit seinen Kollegen an einen Tisch.
Die Ratlosigkeit in ihren Gesichtern sprach Bände.
Der Täter hinterließ in keinem der Mordfälle eine Signatur.
Lediglich ahnten sie, dass es sich bei der Mordwaffe um etwas Größeres als um ein Messer handeln musste. Arme und Beine mussten mit einem Hieb abgetrennt worden sein, so sauber war der Schnitt. Man einigte sich auf die Akte „Sichel-Mörder". Irgendwann legte man diese Mordfälle vorläufig zu den Akten. Vergessen wurden sie natürlich nicht.

London 1991 ...

Eine Sichel war es in der Tat. Die Sichel war goldfarben und hatte einen blutroten Griff. Steven Miller bekam sie von seinem verstorbenen Großvater geschenkt. Er brachte die Sichel aus Boston, USA, mit nach Großbritannien. Damals sagte er zu ihm: „Mein Junge, diese Sichel ist etwas Besonderes. Wenn

DU SIE SORGFÄLTIG BEHANDELST, WIRD SIE DIR GLÜCK BRINGEN. SOLLTEST DU SIE ABER VERGESSEN UND NICHT MEHR WISSEN, DASS SIE IN DEINEM BESITZ IST, WIRST DU DAS UNHEIL KENNENLERNEN. DEINE SEELE VERÄNDERT SICH UND DU BIST NICHT MEHR DER, DER DU MAL WARST." STEVEN KONNTE NICHT GLAUBEN, WAS DER GROSSVATER DA VON SICH GAB. DIE SICHEL WAR ABER SO FASZINIEREND SCHÖN, DASS GLEICHZEITIG ETWAS MAGISCHES, ABER AUCH ETWAS GRAUSAMES VON IHR AUSGING. IN EINEM MIT ROTEM SAMT AUSGELEGENEN KOFFER ÜBERREICHTE DER GROSSVATER STEVEN DIE SICHEL. TATSÄCHLICH VERGASS DER JUNGE MANN IM LAUFE DER ZEIT, DASS ER SIE BESASS.

DOCH EINES TAGES ERINNERTE ER SICH WIEDER AN DIE SICHEL. ER BEGAB SICH AUF DEN SPEICHER SEINES HAUSES UND DACHTE AN SEINEN GROSSVATER.

ER ERINNERTE SICH WIEDER AN DIE WORTE SEINES GROSSVATERS. VORSICHTIG NAHM ER SIE AUS DEM KOFFER UND VERSUCHTE DEN ALTEN GLANZ WIEDER HERZUSTELLEN, DEN DIE SICHEL EINST BESASS. DOCH ES GING NICHT MEHR. SIE BLIEB STUMPF UND ROSTIG. DOCH NOCH ETWAS ANDERES FIEL STEVEN AUF. ER MERKTE, DASS MIT IHM ETWAS GESCHAH. IN SEINEM KÖRPER GING ETWAS VOR SICH, DASS IHM GAR NICHT GEFIEL. EINIGE MINUTEN SPÄTER BEFAND ER SICH PLÖTZLICH NICHT MEHR IN SEINER MODERNEN LONDONER WOHNUNG IM JAHR 1995, SONDERN IM 19. JAHRHUNDERT.

JETZT LEBTE ER IN EINER ÄRMLICH EINGERICHTETEN STUBE, DIE SICH ÜBER EINEM KRÄMERLADEN BEFAND. SEIN VERSCHLISSENER, SCHWARZER MANTEL HING ORDENTLICH AN DER ZIMMERTÜR. STEVEN WAR IMMER WIEDER VON OBEN BIS UNTEN MIT BLUT BESCHMIERT, DOCH ER SCHLIEF TIEF UND FEST. ALS ER ERWACHTE, WURDE IHM KLAR, DASS ER SICH WIEDER IN DEN FÄNGEN DIESER GRAUSAMEN SICHEL BEFAND. ES WURDE IHM ÜBEL, AUCH SEIN SCHWACHES HERZ MACHTE NICHT MEHR LANGE MIT. WAS HATTE ER NUR JETZT WIEDER GETAN? JEDES BEMÜHEN, SICH AUS DIESEM HORRORTRAUM ZU BEFREIEN SCHLUG FEHL. DER JUNGE MANN KONNTE NICHT WIEDER GUT MACHEN, WAS ER GETAN HATTE. SEINE MODERNE LONDONER WOHNUNG LIESS IHN ZEITWEISE AUF ANDERE GEDANKEN KOMMEN. DER KOFFER MIT DER SICHEL STAND IM FLUR. IMMER DEUTLICHER WURDE IHM KLAR, DASS ER SICH IN DEN ARMEN EINES DÄMONS BEFAND.

EIN ENTKOMMEN WAR NICHT MÖGLICH. DAS WAR DOCH NICHT ER, DER DA MORDETE ... NEIN, DAS WAR ER WIRKLICH NICHT. ES WAR DIE SICHEL ... WAR ES DER GEIST DER SICHEL? KAUM DAS SICH STEVEN ETWAS VON SEINER LETZTEN TAT ERHOLEN KONNTE, FING ALLES WIEDER VON VORNE AN. INNERHALB WENIGER SEKUNDEN BEFAND ER SICH IMMER WIEDER IM NEBELIGEN LONDON DES 19. JAHRHUNDERTS WIEDER. ER TRUG DIESEN LANGEN, SCHWARZEN MANTEL. DIE KREMPE SEINES HUTES VERDECKTE SEIN KOMPLETTES

Gesicht. Wie von Geisterhand gesteuert, öffnete er die Tür seines Zimmers und ging leise die Treppe hinunter. Seine Vermieterin sollte nichts merken. Er verschonte sie sogar. Wieder mordete er in vielen unheimlichen Nächten. Er zerstückelte seine Opfer immer wieder. Niemals hinterließ er eine Signatur.

Im Jahr 1896 ...

In einer Nacht aber streikte sein krankes Herz. Man fand Steven Miller tot neben seinem Opfer liegen. Kommissar Jack Harris fand die Toten. Die ungelösten Mordfälle hatten sich nun endlich von alleine gelöst. Vorsichtig wurde die Horrorsichel verpackt und dem hiesigen Metropolitan Police Crime Museum übergeben. Hin und wieder wurde die Sichel auch in anderen Museen ausgestellt.
Jedoch wusste niemand, welche dämonischen Kräfte in dieser Sichel steckten.

Eine andere Zeit – der gleiche Horror ...

New Scotland Yard – Metropolitan Police Crime Museum – 1967

Ein Umzug in größere Räume stand an. Das sogenannte Schwarze Museum beinhaltete viele Mordinstrumente, die von jedem Polizisten angesehen werden konnte. Verantwortlich für den Umzug war Polizist   Jack Gordon. Als er die Sichel mit dem blutroten Griff nehmen wollte, löste diese sich aus der Verankerung und durchtrennte den Daumen von der Hand Gordons. Dieser Augenblick reichte aus, dass die Sichel das Böse zu Gordon übertrug. Er schrie nicht vor Schmerzen. Jack Gordon nahm die Sichel mit der anderen Hand und legte sie in seinen Aktenkoffer. Der Daumen verblieb im Glaskasten. Mit einem Taschentuch stillte er die Blutung. Er verlor sehr viel Blut. Mit letzter Kraft warf er den Aktenkoffer am Themse Weg in den Fluss. Er schaffte es noch bis in die Kirche „St. Edmund Church". Danach brach der Polizist zusammen und starb. Untersuchungen des Blutes im Daumen und im Körper ergaben, dass das Blut schwarz war und ohne Sauerstoff.

Boston, Massachusetts, 1981

Linda Evans spielte am Strand in der Nähe des Yacht Clubs in Boston. Ihre Eltern Ben und Liv Evans verhandelten gerade mit dem Besitzer des Yacht

CLUBS ÜBER EINEN WOCHENENDAUSFLUG MIT EINER MOTORYACHT. DAS GESCHÄFT WURDE BESIEGELT. „LINDA! KOMMST DU BITTE! WIR WOLLEN FAHREN!", RIEF VATER BEN. „DAD, SCHAU EINMAL, WAS ICH GEFUNDEN HABE!", RIEF LINDA. BEN UND LIV STAUNTEN NICHT SCHLECHT, DENN IHRE TOCHTER FAND EINEN VERSCHLOSSENEN AKTENKOFFER. „NA, WENN DAS DAS GROSSE LOS IST, DANN BRAUCHEN WIR DIE YACHT NICHT ZU MIETEN, DANN KAUFEN WIR SIE GLEICH.", FLACHSTE BEN. „GLAUBST DU WIRKLICH, DA SIND DOLLAR IM KOFFER?", FRAGTE LIV. „ICH WEISS ES NICHT. WIR NEHMEN DEN KOFFER ERST EINMAL MIT. ER MUSS ZUERST TROCKNEN.", ANTWORTETE BEN. FRÖHLICH FUHR DIE FAMILIE ZUERST ZU MCDONALDS, DANN GING ES NACH HAUSE. SIE WOHNTEN IN WESTMINSTER, MASSACHUSETTS. DAS HAUS LAG MITTEN IM WALD. LIV LIEBTE IHREN KRÄUTERGARTEN ... BEN SEINEN ALTEN MUSTANG, AN DEM ER JEDE FREIE MINUTE ARBEITETE. „WAS WAR EIGENTLICH IM AKTENKOFFER?", FRAGTE LIV IHREN EHEMANN. „OH, GUT, DASS DU FRAGST. ICH WEISS ES NICHT. WIR SCHAUEN ZUSAMMEN HINEIN."

DER AKTENKOFFER LAG NUN BEREITS EINE WOCHE IM AUTO. SIE BRACHEN DAS SCHLOSS AUF UND FANDEN EINE STARK VERROSTETE SICHEL. „NA, DAS WAR WOHL NICHTS MIT DER MILLION DOLLAR.", SAGTE BEN GANZ ENTTÄUSCHT. „MACHT NICHTS. ICH KANN DIE SICHEL GUT FÜR MEINEN KRÄUTERGARTEN GEBRAUCHEN. RESTAURIERST DU SIE MIR?" „EINE NEUE SICHEL WÄRE GÜNSTIGER." „ACH NEIN, DIESER FUND ERINNERT MICH IMMER AN DEN HERRLICHEN AUSFLUG."

BEN LEGTE DIE SICHEL IN DAS GARTENHAUS. HIER WAREN WERKZEUGE UND ERSATZTEILE FÜR DEN MUSTANG GELAGERT. WOCHEN SPÄTER WOLLTE BEN DIE SICHEL AUF HOCHGLANZ BRINGEN. IRGENDWIE GELANG ES IHM ABER NICHT. KAUM GLÄNZTE SIE, WAR SIE AM NÄCHSTEN TAG WIEDER MATT. WÜTEND WARF ER SIE IN DIE ECKE. DIE SICHEL PRALLTE VON DER WAND AB UND TRAF LIV AM OBERSCHENKEL. LIV WOLLTE IHREN EHEMANN MIT EINER LIMO ÜBERRASCHEN. BEN ZOG DIE SICHEL AUS DEM BEIN UND VERBAND DIE WUNDE NOTDÜRFTIG. SOFORT FUHR DIE FAMILIE INS HEYWOOD HOSPITAL. LIV WURDE BEHANDELT. ERLEICHTERT KEHRTEN SIE IM WESTMINSTER CAFE EIN.

TAGE SPÄTER NAHM LIV DEN VERBAND AB. SIE UND IHR EHEMANN ERSCHRAKEN, DENN UM DIE VERLETZUNG HERUM VERFÄRBTE SICH DIE HAUT SCHWARZ. BEN RANNTE WÜTEND ZUM GARTENHAUS. ER NAHM DIE SICHEL UND SCHLUG MIT EINEM HAMMER AUF SIE. ... WIEDER FUHREN SIE INS HOSPITAL. LIV MUSSTE NUN STATIONÄR BEHANDELT WERDEN. BEN UND SEINE TOCHTER FUHREN ZURÜCK. ERSCHÖPFT LEGTE SICH BEN IN DIE HÄNGEMATTE AUF DIE TERRASSE. LINDA SPIELTE IM GARTEN. SIE KAM DEM GARTENHAUS IMMER NÄHER. NUN WAREN ES WENIGE METER BIS ZUR TÜR. „ICH SPIELE JETZT

VERSTECKEN MIT MEINER PUPPE!", RIEF SIE. VATER BEN WAR EINGESCHLAFEN. „SUCHE MICH DOCH! WO BIN ICH?" LINDA VERSTECKTE SICH IM GARTENHAUS.

ES BLITZE EINE FUNKELNDE SICHEL AUF. „OH, DIE IST ABER SCHÖN. DAD HAT SIE BESTIMMT FÜR MUM POLIERT. ICH BRINGE SIE IHM." LINDA RANNTE MIT DER SICHEL ZU IHREM SCHLAFENDEN VATER. AUF DEN STUFEN KAM SIE INS STRAUCHELN. MIT VOLLER WUCHT TRAF DIE SICHEL IHREN DAD MITTEN INS HERZ. ER WAR SOFORT TOT. LINDA STÜRZTE GEGEN EINEN HOLZBALKEN, IHR GENICK WAR GEBROCHEN. SIE STARB NUR MINUTEN SPÄTER. BEN BLUTETE STARK. DAS BLUT TROPFTE AUF DIE TERRASSE. ES VERFÄRBTE SICH ALLES SCHWARZ. IM HOSPITAL KÄMPFTEN DIE ÄRZTE MIT EINER BLUTVERGIFTUNG BEI LIV. SIE VERLOREN DEN KAMPF, LIV STARB. ... ...

DIE ERBEN BOTEN DAS HAUS ZUM KAUF AN. ZWEI BRÜDER, JACK UND BILL MILLER, KAUFTEN DAS HAUS. BILLS EHE WAR GESCHEITERT. SEINE EX-FRAU NAHM SICH VOR JAHREN DAS LEBEN. ALS SIE IN DAS MANHATTAN PSYCHIATRIC CENTER EINGELIEFERT WURDE, SCHRIE SIE IMMER NOCH, DASS DIE GANZE FAMILIE STERBEN WÜRDE. OLIVIA LITT SCHON LANGE UNTER WAHNVORSTELLUNGEN. BILLS UND OLIVIAS GEMEINSAMER SOHN ZOG BEREITS FRÜH AUS DEM ELTERNHAUS. ER STUDIERTE IN NEW YORK, HEIRATETE EINE GUTE FRAU UND SIE BEKAMEN EINEN SOHN ... STEVEN ... STEVEN MILLER. ERST NACH OLIVIAS TOD WURDE FESTGESTELLT, DASS OLIVIAS KRANKHEIT ERBLICH BEDINGT IST. NACHFAHREN KÖNNEN EBENFALLS DARAN ERKRANKEN.

JACK UND BILL RICHTETEN DAS NEU ERWORBENE HAUS EIN. JACK, DER NIE VERHEIRATET WAR, KÜMMERTE SICH MEHR UM DEN GARTEN.

„HIER WAR WOHL EINMAL EIN KRÄUTERGARTEN. DEN WERDE ICH WIEDER NEU ANLEGEN. ES LAG SOGAR EINE SICHEL IM SCHUPPEN.", SAGTE ER ZU SEINEM BRUDER. SEIN BRUDER BILL ERFREUTE SICH ÜBER HERRLICHE ÖLGEMÄLDE, ABER AUCH DARÜBER, DASS JACK KRÄUTER PFLANZEN WOLLE. BILL KOCHT FÜR SEIN LEBEN GERN UND DAZU KANN ER KRÄUTER GUT VERWENDEN. „ICH NAHM IMMER EINE SCHERE ZUM ABSCHNEIDEN DER KRÄUTER.", SCHLUG BILL VOR.

DIE ZEIT VERGING. ALLES SCHIEN ZUR BESTEN ZUFRIEDENHEIT. EINES TAGES KAM JACK MIT EINER SCHNITTWUNDE INS HAUS. AN DER LINKEN HAND HING DER DAUMEN IN FETZEN AN DER HAND. IN DER RECHTEN HAND HATTE ER BLUTVERSCHMIERTE KRÄUTER. „HIER HABE ICH FRISCHE KRÄUTER, BILL." „JACK!", SCHRIE BILL AUF, „WAS IST PASSIERT?" „ACH, DAS WIRD SCHON WIEDER.", NUSCHELTE JACK. SOFORT FUHREN SIE INS

HEYWOOD HOSPITAL. DER DAUMEN KONNTE NICHT GERETTET WERDEN. ER WAR SCHON SCHWARZ UND OHNE LEBEN.

MIT DER ZEIT VERÄNDERTE SICH JACK. JEDEN TAG SAH BILL AUS DEM FENSTER. JACK WAR IM GARTEN UND SCHLUG MIT DER SICHEL WILD UM SICH. ES SCHIEN SO, ALS WÜRDE SEIN BRUDER IN EINER ANDEREN WELT LEBEN.

EINES TAGES BESUCHTE DER SHERIFF DIE BRÜDER. „MEIN NAME IST COBB, JOHN COBB. ICH BIN SHERIFF HIER IN WESTMINSTER. VOR ZWEI TAGEN IST VOR UNSERER KIRCHE EINE TOTE FRAU ABGELEGT WORDEN. SIE BEIDE WOHNEN ZWAR AUßERHALB DES TATORTES, ABER ICH MUSS TROTZDEM NACHFRAGEN. ICH VERMUTE, DASS DER ODER DIE TÄTER DIE FRAU AN EINEM ANDEREN ORT GETÖTET HABEN. DIE AUTOBAHNABFAHRT NACH WESTMINSTER IST GANZ IN DER NÄHE. HABEN SIE ETWAS GESEHEN?" „NEIN, ICH WAR MIT MEINEM BRUDER AUF UNSEREM GRUNDSTÜCK. HIERHER VERIRRT SICH NIEMAND. WURDE DIE FRAU VERGEWALTIGT? WIE SIEHT SIE AUS?", FRAGTE BILL. „DAS WOLLEN SIE BESTIMMT NICHT WISSEN. IHR ANBLICK WAR GRAUENVOLL. WENN SIE BEIDE MIR NOCH HINWEISE GEBEN KÖNNEN, HIER IST MEINE KARTE."

TAGE SPÄTER FUHR BILL ZUM EINKAUF. HIERBEI ERFUHR ER, DASS DIE FRAU 35 JAHRE ALT GEWESEN IST. IHR WURDEN ARME UND BEINE ABGETRENNT. ALLES WAR IN EINEM MÜLLBEUTEL ZU FINDEN. MESSERSCHARF WURDEN DIE GLIEDMAßEN ABGETRENNT. „WIR HABEN ES SCHON EINMAL MIT EINEM KETTENSÄGEN-MÖRDER ZU TUN GEHABT. DIE ABTRENNUNGEN WAREN DURCH DIE KETTENSÄGE ZERFETZT. BEI DER FRAU SAH ES ABER SO AUS, ALS WÄRE EINE SENSE ODER EIN GROßES SCHARFES MESSER IM SPIEL.", SAGTE DER VERKÄUFER. „ODER ES WAR EINE MACHETE?", ERGÄNZTE EIN KUNDE. „VIELLEICHT EINE SICHEL?", FRAGTE BILL. „EHER NICHT, DA MUSS MAN WEIT AUSHOLEN UND BRAUCHT VIEL KRAFT.", ERWIDERTE DER VERKÄUFER.

BILL KAM ZUM HAUS ZURÜCK. JACKS ALTER FORD STAND NICHT IN DER GARAGE. ER TRUG DEN EINKAUF INS HAUS UND BEGANN MIT DER VORBEREITUNG DER STEAKS. JACK KAM ZURÜCK. SCHNELL VERSCHWAND ER IM BAD. „JACK! IST ALLES IN ORDNUNG?" ALS JACK AUS DEM BAD KAM, SCHIEN ALLES GUT ZU SEIN. BEIDE GENOSSEN DIE LECKEREN STEAKS. AM NACHMITTAG PFLEGTE JACK SEINEN KRÄUTERGARTEN, WÄHREND BILL DAS HAUS SÄUBERTE. IM BAD IST IHM EIN BLUTVERSCHMIERTES HANDTUCH AUFGEFALLEN. OHNE BEDENKEN STECKTE ER ES ZUR SCHMUTZWÄSCHE.

DREI TAGE SPÄTER WAR DER GEBURTSTAG VON BILL. ER LUD SEINEN BRUDER INS CAFÉ EIN. BEIDE BESTELLTEN OMELETTE MIT SPECK. „HABT IHR SCHON VOM NEUEN MORD

GEHÖRT?", FRAGTE DIE NETTE SERVIERERIN. „NEIN! IST SCHON WIEDER ETWAS PASSIERT?", FRAGTE BILL ERSCHROCKEN. „IM DUNN STATE PARK IST EIN ÄLTERER MANN TOT UND ZERSTÜCKELT AUFGEFUNDEN WORDEN. ER WOHNTE IN GARDNER. TEILE SEINES KÖRPERS TRIEBEN IM WASSER. EIN BEIN FEHLT DER POLIZEI NOCH. WIEDER SIND DIE GLIEDMAßEN MESSERSCHARF ABGETRENNT WORDEN. JETZT SOGAR DER KOPF." „GUT, DASS WIR DAS OMELETT SCHON GEGESSEN HABEN. DA WIRD MIR GANZ ÜBEL. BRINGE UNS NOCH EINEN WHISKEY.", SAGTE BILL. TROTZDEM LIEßEN SICH DIE BRÜDER BILLS GEBURTSTAG NICHT VERDERBEN. ABENDS GAB ES DANN NOCH EINEN HERRLICHEN GEBURTSTAGSBRATEN. BILL FIEL DABEI AUF, DASS JACK DEN BRATEN VORZÜGLICH UND PERFEKT IN SCHEIBEN GESCHNITTEN HATTE.

IRGENDWIE MUSSTE ER AN DIE MORDE RUND UM DEN ORT WESTMINSTER DENKEN. WIE MESSERSCHARF DOCH DIE GLIEDMAßEN VON DEN KÖRPERN ABGETRENNT WORDEN SIND. BILL SCHÜTTELTE SICH UND DACHTE „MALE DIR DAS NICHT WEITER AUS".

EINES TAGES FUHR JACK ZUM EINKAUFEN. ZU SPÄT BEMERKTE BILL, DASS WICHTIGE ZUTATEN FEHLTEN UM FÜR DAS WOCHENENDE GUT VERSORGT ZU SEIN. JACK WAR SCHON STUNDEN UNTERWEGS. BILL STIEG IN SEINEN BUICK UND FUHR ZUM VINCENT'S COUNTRY STORE. „HAT MEIN BRUDER ALLES EINGEKAUFT?" „DEIN BRUDER WAR NICHT BEI UNS, ZUMINDEST HEUTE NICHT.", ANTWORTETE DER VERKÄUFER. DAS WAR FÜR BILL EIGENARTIG, DENN AUF DER FAHRT ZUM STORE SAH ER IHN AUCH NICHT. NUN GUT, BILL SUCHTE SICH ÖL, SALZ UND PFEFFER UND STIEG WIEDER IN SEIN AUTO. ER FUHR DIE LEOMINSTER STRAßE ENTLANG, ALS IHM AN DER KREUZUNG ZUM FRIEDHOF JACK MIT SEINEM FORD ENTGEGEN KAM. LINKS GING ES ZUR AUTOBAHN, RECHTS NACH HAUSE UND GERADEAUS ZUM FRIEDHOF EBEN. WAS WOLLTE JACK DORT? JACK SAH BILL NICHT. NUN FUHR BILL LANGSAM AUF DER NARROWS ROAD DEN FRIEDHOF ENTLANG BIS ZUR EAST ROAD. DANN DREHTE ER UND FUHR ZURÜCK. AM FRIEDHOF ANGEKOMMEN, SAH ER SCHON DEN SHERIFF AUS DEM WAGEN STEIGEN. EINE FRIEDHOFBESUCHERIN FUCHTELTE AUFGEREGT MIT DEN ARMEN UND ZEIGTE AUF EIN GRAB. BILL STIEG AUS SEINEM WAGEN AUS. ER FOLGTE DEM SHERIFF. DER SHERIFF BLIEB WORTLOS AN EINEM GRAB STEHEN.

NOCH 15 METER, DANN WAR AUCH BILL AM GRAB. NOCH 8 METER ... NOCH 5 METER ... BILL MUSSTE SICH ÜBERGEBEN. VOR EINEM GRABSTEIN WURDEN ARME UND BEINE AUFGESTAPELT. AUF DEM GRABSTEIN LAG DER REST DES KÖRPERS. DAS BLUT FLOSS AM GRABSTEIN HERUNTER. „WAS SUCHEN SIE HIER?", FRAGTE DER SHERIFF ERBOST. „NICHTS, NICHTS, WIRKLICH NICHTS.", STOTTERTE BILL. BILL RANNTE ZU SEINEM AUTO ZURÜCK. MIT DURCHDREHENDEN REIFEN FUHR ER NACH HAUSE. SOFORT SUCHTE BILL SEINEN BRUDER. IM HAUS WAR ER NICHT. BILL RANNTE ZUM GARTENHAUS. ER STIEß DIE

TÜR AUF UND SAH JACK, WIE ER DIE SICHEL PUTZTE. „WO WARST DU, JACK?", SCHRIE BILL SEINEN BRUDER AN. „ICH, ICH, ICH WEISS ES NICHT, BILL. BILL, IRGENDETWAS STIMMT MIT MIR NICHT. BITTE HILF MIR.", SCHLUCHZTE JACK UND LEGTE DIE SICHEL BEHUTSAM IN EINE SCHATULLE. DAS GANZE WOCHENENDE REDETEN DIE BRÜDER MITEINANDER. EIN RESULTAT GAB ES NICHT. MONTAGS KAM DER SHERIFF VORBEI. ER WOLLTE GENAU WISSEN, WO SICH DIE BRÜDER AM TATTAG AUF DEM FRIEDHOF GEWESEN SIND. „ICH WAR IM VINCENT'S COUNTRY STORE. DER VERKÄUFER IST MEIN ZEUGE. GANZ IN GEDANKEN BIN ICH AN DER KREUZUNG NICHT LINKS ABGEBOGEN, SONDERN GERADEAUS ZUM FRIEDHOF GEFAHREN." „WARUM WAREN SIE IN GEDANKEN?", FRAGTE DER SHERIFF. „MEINEM BRUDER GING ES NICHT GUT ... DAS HERZ.", LOG BILL. DER SHERIFF GLAUBTE BILL UND VERLIESS DAS HAUS. „JACK, HAST DU MIR WIRKLICH NICHTS ZU SAGEN?", WOLLTE BILL UNBEDINGT WISSEN. VON JACK KAM KEINE REGUNG.

ZEIT VERGING ...

JACK PFLEGTE SEINEN KRÄUTERGARTEN UND BILL KÜMMERTE SICH UM DAS HAUS. IMMER WIEDER SAH BILL, WIE JACK WILD MIT DER SICHEL UM SICH SCHLUG. DANN GING ER ABER AUCH WIEDER GANZ BEHUTSAM MIT DER SICHEL UM, ZUMINDEST DANN, WENN JACK KRÄUTER ABSCHNITT.

EINES NACHTS BEMERKTE BILL, WIE JACK NOCH EINMAL DAS HAUS VERLIESS. ER LIEF ZUM GARTENHAUS UND HOLTE SEINE SICHEL. DANN LIEF ER ÜBER DAS EIGENE GRUNDSTÜCK UM ZUM NACHBARHAUS ZU GELANGEN. BILL ZOG SICH SCHNELL SEINE SCHUHE AN UND LIEF JACK IM PYJAMA NACH. AM NACHBARHAUS ANGEKOMMEN, BEMERKTE BILL GLEICH DAS ZERBROCHENE GLAS AN DER HINTERTÜR. AUF DEM BODEN LAG REGUNGSLOS DER NACHBAR HENRY JONAS. JACK HOLTE WEIT AUS MIT DER SICHEL. BILL WARF SICH IHM ENTGEGEN UND HIELT SEINEN ARM MIT ALLER KRAFT FEST. DABEI VERLETZTE SICH BILL AM ARM. DIE SICHEL RITZTE EINE 15 ZENTIMETER LANGE WUNDE EIN. BEIDE FIELEN ZU BODEN. „WAS, WAS MACHE ICH HIER?", RIEF JACK SEINEM BRUDER ZU. „KANNST DU DICH ETWA AN NICHTS ERINNERN?", STELLTE BILL EINE GEGENFRAGE. „NEIN, BILL, WIRKLICH NICHT.", ANTWORTETE JACK. BEIDE BESEITIGTEN ALLE SPUREN. HENRY JONAS VERLETZUNG AM KOPF WURDE VERSORGT. „HAT DICH HENRY GESEHEN?"
„NEIN, ER KAM IN DEN RAUM, NACHDEM ER DAS GLAS BRECHEN HÖRTE. DANACH SCHLUG ICH IHN NIEDER. AB JETZT WEISS ICH VON NICHTS MEHR."

BILL SCHICKTE JACK ZURÜCK ZUM HAUS. ER WARTETE BIS HENRY AUFWACHTE. „WAS IST LOS? ICH HABE JA VIELLEICHT EINEN DICKEN SCHÄDEL." „HENRY, DA HAT DICH WOHL EIN EINBRECHER BESUCHT. ERINNERST DU DICH AN ETWAS?" „NEIN, AN NICHTS. MORGEN

FAHRE ICH ZUM SHERIFF. DANKE FÜR DEINE RETTUNG UND HILFE. WIE GEHT ES DEINEM BRUDER?" „ACH, DER WAR NOCH UNTERWEGS."

JETZT STAND FÜR BILL FEST, SEIN BRUDER WAR FÜR DIE MORDE VERANTWORTLICH. FÜR BILL WAR JACK SEHR KRANK. SEINE TIEFE WUNDE HEILTE EIGENARTIGER WEISE VON GANZ ALLEIN.

DIE BRÜDER PASSTEN NUN SEHR AUFEINANDER AUF. UND DOCH KAM DER TAG, ALS ETWAS FURCHTBARES PASSIERTE. BILL HÖRTE JACK WIE IN TRANCE SAGEN: „JA, DU RUFST MICH. ICH GEHORCHE. WAS DARF ICH FÜR DICH TUN?"
BILL SCHRECKTE AUF UND WOLLTE SEINEN BRUDER ZURÜCKHALTEN. ER STÜRZTE ÜBER DEN TEPPICH, SCHLUG MIT DEM KOPF AUF DEN TISCH UND BLIEB BEWUSSTLOS LIEGEN. IN TRANCE NAHM JACK DIE SICHEL, ZOG SEINEN SCHWARZEN TRENCHCOAT ÜBER UND STIEG IN SEINEN FORD. ER FUHR IN RICHTUNG GARDNER. AUF DEM EAST BROADWAY BEGANN DER HORROR. VOR DEM ERSTEN RESTAURANT PARKTE ER DEN FORD DIREKT VOR DER TÜR UND GING GEZIELT IN DEN GASTRAUM. DIE SICHEL HIELT ER UNTER DEM TRENCHCOAT IN BRUSTHÖHE VERDECKT. „GUTEN ABEND DER HERR. DARF ICH SIE ZU EINEM FREIEN TISCH BEGLEITEN?", FRAGTE DER KELLNER. WORTLOS MACHTE JACK EINE HANDBEWEGUNG, DER KELLNER SOLLE VORANGEHEN.

IN DER MITTE DES GASTRAUMES ZÜCKTE JACK BLITZSCHNELL DIE SICHEL UND SCHLUG MIT DER SICHEL AUF DEN KELLNER EIN. SEIN KOPF FIEL ZU BODEN. DAS BLUT SPRITZTE AUS DEM RUMPF. LANGSAM VIEL ER AUF DIE KNIE, DANN AUF DEN BRUSTKORB. WÄHREND DES FALLENS TRENNTE JACK BEIDE ARME AB. DER KÖRPER BLUTETE AUS. DIE GÄSTE HIELTEN DAS GESCHEHENE ERST FÜR EINE GRUSELIGE SHOW. UND SCHON GING ES WEITER. DIE SICHEL TRENNTE ARME UND KÖPFE VON DEN GÄSTEN. IHRE KÖRPER KIPPTEN BLUTEND AUF DIE TISCHE. SUPPENTELLER FÜLLTEN SICH MIT IHREM BLUT. ARME LAGEN AUF DEM BODEN. BLUT WAR NUN ÜBERALL. 12 MENSCHEN VERLOREN IHR LEBEN. AN EINER SAUBEREN TISCHDECKE PUTZTE JACK DAS BLUT VON DER SICHEL UND BRACHTE SIE AUF HOCHGLANZ.

IN ZWEI WEITEREN RESTAURANTS AUF DEM WEST BROADWAY SCHLUG JACK MIT DER SICHEL NOCH ZU. WEITERE 9 MENSCHEN FANDEN DEN TOD. IMMER WIEDER DAS GLEICHE RITUAL. NACH DEM HORROR POLIERTE JACK DIE SICHEL IMMER AUF HOCHGLANZ.

RUHIG UND GELASSEN STIEG ER WIEDER IN SEINEN FORD UND FUHR IN RICHTUNG GARDNER CITY ÜBER DIE MAIN STREET. VOR DEM CITY-RESTAURANT PARKTE ER WIEDER DIREKT VOR DER TÜR. „HALLO SIR! HIER KÖNNEN SIE NICHT PARKEN!", RIEF EIN

ANGESTELLTER. SO WOLLTE ES JACK EIGENTLICH NICHT. DAS MORDEN SOLLTE ERST IM GASTRAUM STATTFINDEN. DOCH JACK ZOG DIE SICHEL UNTER DEM MANTEL HERVOR, HOLTE WEIT AUS UND SCHLUG ZU. DER KOPF DES ANGESTELLTEN FLOG 10 METER WEIT. ... DER RUMPF FIEL LANGSAM INS GEBÜSCH.

MENSCHEN AUF DER ANDEREN STRAßENSEITE SAHEN DEN VORFALL UND BENACHRICHTIGTEN SCHNELL DEN SHERIFF.

IN DER ZWISCHENZEIT BETRAT JACK DEN GASTRAUM. 17 GÄSTE UND ZWEI KELLNER VERLOREN IHR LEBEN. BLUT SPRITZTE AUS DEN WUNDEN. ARME UND KÖPFE LAGEN IM GESAMTEN RAUM. DIE TEPPICHE SOGEN SICH MIT BLUT VOLL. „HIER IST DER SHERIFF! HÄNDE HOCH! ERGEBEN SIE SICH!", SCHRIE DER SHERIFF. ZWEI DEPUTIES KAMEN NOCH ZU HILFE. JACK HOLTE AUS ... DER SHERIFF SCHOSS ... DIE SICHEL SCHLEUDERTE DURCH DEN RAUM ... DIE DEPUTIES SCHOSSEN IHRE WAFFEN LEER ... ALLES WAR WIE IN ZEITLUPE ... DIE SICHEL FAND IHREN WEG UND FLOG DIREKT AUF DEN SHERIFF ZU. ER KIPPTE DURCH DIE WUCHT NACH HINTEN. BLUT FLOSS AUS SEINER BRUST.

JACK BRACH TOT ZUSAMMEN. 18 KUGELN TRAFEN IHN. DIE DEPUTIES SCHAUTEN AUF DEN BLUTENDEN SHERIFF. ER ÖFFNETE DIE AUGEN UND ERHOB SICH LANGSAM. SEIN SHERIFF-STERN RETTETE DAS LEBEN DES SHERIFFS.
DER HORROR WAR VORBEI!

BILL BLIEB NICHT IN WESTMINSTER WOHNEN.
DIE SICHEL UND EINE BLUTPROBE DES SICHEL-MÖRDERS WURDEN NUN IM NEW YORK CITY POLICE MUSEUM UNTERGEBRACHT. BEIDES IST MIT DER HÖCHSTEN SICHERHEITSSTUFE VERSEHEN. DAS BLUT DES MÖRDERS WAR SCHWARZ UND BESAß BEI DER UNTERSUCHUNG KEINEN SAUERSTOFF.

JEDOCH, DA WAR NOCH ETWAS... BILL WURDE JA VON DER SICHEL VERLETZT. ER WAR IHR EBENFALLS VERFALLEN. MIT HILFE VON GANOVEN, DIE ER MIT DEM GELD DES HAUSVERKAUFES ENTLOHNTE, STAHL ER DIE SICHEL AUS DEM POLICE MUSEUM UND FLÜCHTETE NACH LONDON, WO ER BIS AN SEIN LEBENSENDE UNTERTAUCHTE.

FAST VIER JAHRZEHNTE SPÄTER ... DER HORROR GEHT WEITER!

DAS BLUT DES MÖRDERS, ZUSAMMEN MIT DER MÖRDERSICHEL, WURDE ZULETZT IN NEW YORK CITY, IM POLICE MUSEUM, AUSGESTELLT.

Wir befinden uns nun im Jahr 2020/21. Dass dieses spezielle Museum streng bewacht wird, kann man sich ja denken. Täglich belagern viele Neugierige die Vitrinen im Kriminal-Museum, trotz Corona Einlass-beschränkungen. Nichts gerät hier außer Kontrolle.

Bis jetzt. ...

New York, 4.1.2021:

Das Blut klebte noch an der Sichel. Trotzdem strahlte sie in vollem Glanz, als wenn sie eine Seele hätte. Die Vitrine war versiegelt und mit dickem Panzerglas versehen. Niemand hätte sie unbemerkt entwenden können.

Carmen Miller kam mit ihren zwei erwachsenen Söhnen. Die jungen Männer studierten Kriminologie und wollten sich auf diese Weise einen kleinen Einblick in diese Welt verschaffen. Carmen stand vor dem Glaskasten und bewunderte die Schönheit der Sense, die trotz ihres hohen Alters noch einen makellosen Goldüberzug besaß. Dass sie mit dunklem, getrocknetem Blut verschmiert war, sah Carmen nicht direkt. Je länger sie dieses Objekt betrachtete, umso mehr verspürte sie den unwiderstehlichen Drang zu töten. Sie schüttelte sich. Nein, das durfte und konnte nicht sein. Diese Gedanken wollte sie schnell wieder loswerden.

Carmen war eine biedere Hausfrau, die alles für ihre Söhne tun würde. Als sie damals von ihrem Mann verlassen wurde, waren die Söhne noch klein und sie erzog sie ganz alleine. Alles tat sie, damit es ihnen gut ging. Es wurde schon dunkel als sie mit ihren Söhnen das Museum verließ.

Jeden Abend um die gleiche Zeit, fand ein Kontrollgang durch das Museum statt. Jack Braun blieb plötzlich vor der leeren Vitrine stehen. Er traute seinen Augen nicht. Die blutige Sichel war aus dem gesicherten Glaskasten verschwunden, ohne eine Spur des Einbruchs zu hinterlassen. Es wurde unheimlich still, keiner der Beamten wagte sich etwas zu sagen. Obwohl Jack Braun ein stattlicher, kräftiger Mann war, lief ihm die Angst eiskalt den Rücken herunter. Seinem Kollegen Joseph Miller ging es nicht anders.

DIE MÄNNER MACHTEN MELDUNG, UND INNERHALB VON MINUTEN WAR DIE POLIZEI VOR ORT. ES WURDE VERMUTET, DASS HIER NUR EINE UNSICHTBARE, DÄMONISCHE KRAFT SO ETWAS BEWERKSTELLIGEN KONNTE. ...

ZEIT VERGING ... CARMEN MILLER SCHAUTE IN DEN SPIEGEL IHRER KOMMODE. NEIN, SIE WAR NICHT SIE SELBST. SIE MERKTE, DASS MIT IHR EINE VERÄNDERUNG STATTFAND. DIE EINST SO MÄDCHENHAFTEN, ZARTEN GESICHTSZÜGE WAREN VERSCHWUNDEN. SIE FÜRCHTETE SICH VOR IHREM EIGENEN SPIEGELBILD. JE LÄNGER CARMEN SICH BETRACHTETE, UMSO BÖSARTIGER WURDE IHR BLICK.

ES WAR NICHT NUR DAS GESICHT, WELCHES SICH VERÄNDERT HATTE. DIE GANZE GESTALT DER EINST SO HÜBSCHEN FRAU SAH EINFACH ZUM FÜRCHTEN AUS. SIE TRUG EIN LANGES, SCHWARZES GEWAND UND IHREN GESAMTEN KOPF VERBARG SIE UNTER EINEM LANGEN, SCHWARZEN SCHLEIER. DIE HORROR-SICHEL HATTE ES WIEDER GESCHAFFT, SICH EINEN HANDLANGER AUSZUSUCHEN.

EIN PAAR TAGE SPÄTER SCHLICH SICH CARMEN ZUM HINTEREINGANG DES NEW YORK CITY THEATERS. MITTLERWEILE WURDE DAS THEATER WIEDER GEÖFFNET, OBWOHL DAS CORONA VIRUS IMMER NOCH NICHT BESIEGT WAR UND IST UND VIELLEICHT AUCH NICHT WIRD. ES WAR SCHON RECHT SPÄT, DIE LETZTE VORSTELLUNG LIEF. ES HERRSCHTE ANDÄCHTIGE STILLE. DER DÄMON, DER VON CARMEN BESITZ ERGRIFFEN HATTE, SETZTE SICH IN DIE OBERE REIHE DES THEATERS. CARMEN ZOG DIE SCHWERE, GOLDENE SICHEL HERVOR UND SCHLUG BLITZSCHNELL DEN MENSCHEN, DIE EINE REIHE VOR IHR SAßEN, DIE KÖPFE AB. DIE BESESSENE FRAU ERGÖTZTE SICH AN DEM BLUT, WELCHES UNAUFHALTSAM AUF DEN DICKEN TEPPICH DES THEATERS FLOSS. SIE LECKTE DARAN BEVOR SIE IHREN KÖRPER DAMIT EINRIEB. CARMEN VERSCHWAND UNGESEHEN IN DER DUNKELHEIT DER NACHT. NIEMAND IHRER SONST SO NEUGIERIGEN NACHBARN BEMERKTE, DASS SIE DIE TÜR IHRES HAUSES AUFSCHLOSS UND LAUTLOS DAHINTER VERSCHWAND. SIE FIEL VOLLKOMMEN ERSCHÖPFT AUF IHR BETT UND IRGENDWANN IN DER NACHT VERLIEß DER DÄMON IHREN KÖRPER. SIE WACHTE IN BLUT GEBADET AUF. ALLES KLEBTE UND STANK NACH GERONNENEM BLUT. CARMEN MUSSTE SICH ÜBERGEBEN. ES KAM IHR VOR WIE EIN GRAUSIGER ALPTRAUM. NUR, WO KAM DIESES BLUT IN IHREM BETT HER? HATTE SIE SICH ETWA VERLETZT? SO KRAMPFHAFT SIE AUCH VERSUCHTE, SICH ZU ERINNERN, ES GELANG IHR NICHT.

UM 23 UHR, SOBALD DIE DUNKELHEIT SICH ÜBER DIE STADT GELEGT HATTE, WURDE ES RUHIG UND MAN SAH NUR WENIGE MENSCHEN. SCHLECHT BELEUCHTETE NEBENSTRAßEN WAREN GEWISS AUCH DARAN SCHULD, SOWIE DAS VIRUS. GERADE IN DIESER GEGEND

Mied man es, bei Dunkelheit hier zu sein. Carmens Gestalt war komplett in Schwarz gehüllt und verdeckte ihren Körper ganz. Ein Paar und eine junge Frau gingen angeheitert auf die Haustür eines Mietshauses zu. Gerade als sie aufschließen wollten geschah es. Mit grunzenden und kreischenden Geräuschen sprang Carmen hervor. Der Speichel lief ihr aus den Mundwinkeln. Die zierliche Frau hob die schwere Sichel und schlug mit einem geraden Schnitt den drei Menschen die Köpfe ab. Als wenn das nicht schon genug wäre, trennte sie den Leuten noch Beine und Arme ab. Blut floss über den Asphalt. Die Körper bluteten völlig aus. Carmen bückte sich und griff mit den Fingern Blut. Sie leckte ihre Finger, es war absurd. Immer noch waren die Nebenstraßen wie ausgestorben und niemand bemerkte etwas. Carmen kniete sich jetzt. Jetzt trank sie das Blut und rieb sich hinterher noch ihren Körper damit ein. Der Blutrausch schien kein Ende zu nehmen.

Die Sichel war wieder verschwunden und eine zierliche Frau, in Schwarz gekleidet, lief davon. Carmen betrat ihr Haus. Auch dieses Mal bemerkte sie niemand. Sie legte sich ins Bett, ohne sich vorher zu waschen und schlief bis zum anderen Tag durch.

Als die Leichen am folgenden Morgen gefunden wurden, lag ein entscheidendes Beweisstück daneben. Es war ein Mundschutz mit Speichel. Besser noch, auch ein Medaillon wurde gefunden. Carmen trug immer dieses Medaillon um ihren Hals, in dem alle wichtigen Daten zu ihrer Person eingetragen waren. Die Söhne wollten es so, falls ihr einmal etwas zustoßen würde. Es war jetzt sehr hilfreich für die Polizei. Die Polizisten klingelten, Carmen öffnete blutverschmiert die Tür. Die Sichel war wieder in ihrer Hand. Mit einem sauberen Schnitt, fiel der Kopf des klingelnden Polizisten auf den Boden. Sein Finger blieb noch für Sekunden auf dem Klingelknopf, und das, ohne Kopf. Carmen hatte vollkommen die Gesichtszüge eines Menschen verloren. Sie besaß eine grausame Horrorfratze und Blut lief an ihren Mundwinkeln herunter. Die einst so unschuldige biedere Frau und Mutter wurde vollkommen vom Geist der Mördersichel erfasst und tat nur noch das, was die Sichel wollte. Der zweite Beamte war geschockt. Carmen holte wieder aus. Der Beamte hob seinen linken Arm zur Verteidigung. Der Unterarm wurde abgetrennt. Er merkte es nicht einmal, er verspürte keinen Schmerz. Mit der rechten Hand griff er nach seiner Pistole Glock 19. Noch während Carmen wieder ausholte, schoss der Polizist das volle Magazin vollkommen leer. ... ... Carmen starb im Kugelhagel.

Das Aufräumkommando brachte die Sichel des Todes wieder in das New York City Police Museum. Sie wurde nicht mehr ausgestellt. Im Keller wurde sie eingelagert. Der Schlüssel wurde dem FBI übergeben. Das FBI untersuchte die Sichel akribisch. Die Vermutung, dass die Sichel in der Eisenzeit von Hand geschmiedet wurde, konnte nicht bestätigt werden. Das Material war wesentlich älter und völlig anders aufgebaut. Eine Untersuchung mit dem Rasterelektronenmikroskop ergab eine grausige Entdeckung. Der FBI-Untersuchungsbeamte Jim Collins sah eine undurchdringliche Oberfläche. Er montierte den roten Holzgriff ab. Dieser wurde irgendwann einmal erneuert. Collins legte die Sichel wieder unter das Rasterelektronenmikroskop. Zur Sicherheit wurde der Raum mit Kameras überwacht. Was den Sicherheitsbeamten dann auf den Monitoren gezeigt wurde, war ein unheimlicher Anblick. Collins berührte den freigelegten Schaft der Sichel. Nun nahm Collins die Sichel in die Hand, jetzt verband sich die Sichel mit der Menschenhand direkt. Wieder übernahm das Böse der Sichel die Oberhand des Menschen. Wild schlug er um sich. Mit voller Wucht schlug sich Collins nun den linken Unterarm ab. Blut spritzte aus seinem Armstummel. Immer wieder schlug Collins jetzt auf seine Beine ein. Die Sicherheitsbeamten stürmten den Untersuchungsraum. Collins warf die Sichel auf einen Beamten. Wie in Zeitlupe flog die Sichel dem Beamten entgegen und spaltete seinen Kopf. Er brach tot zusammen. Der andere Beamte schoss Collins in den Kopf und ins Herz. Collins war sofort tot.

Das Rasterelektronenmikroskop zeigte, dass nach der Abnahme des Holzgriffs der Schaft Öffnungen besaß, aus denen lebende, wohl außerirdische Zellen austraten. Diese wanderten durch den Holzgriff in die Menschen, die die Sichel benutzten. Collins wurde direkt, ohne Holzgriff, konterminiert.

Die Sichel ist heute im militärischen Sperrgebiet AREA 51. Den Code und den Schlüssel zum Stahl-Tresor, der in vielen Kilometern Tiefe liegt, wurde dem aktuellen Präsidenten der Vereinigten Staaten von Amerika, Joe Biden, übergeben.

Ende ... ... oder?

Kapitel 1 -   **Über Konstanze, Liebe, die Schneiderei und ihr Schicksal**

Kapitel 2 -   **Die Zeit nach Konstanze**

Kapitel 3 -   **Über Emmas Auswanderung**

Stammbaum

Konstanze    **Robert, Bruder**

Emanuel & Konstanze von Beck   **Emma, Tochter**

Söhne Sigmund & Fritz

Josefine, Tochter ▶ **Klara, Angestellte**

Johanna, Schulfreundin

Danny, Sohn

Frank, in Klara verliebt

AUF IN DEN WILDEN WESTEN MIT WYATT EARP

Kaiser Wilhelm der Erste wurde 1871 zum Kaiser ernannt. Ein deutscher Nationalstaat entstand. Durch die Hochindustrialisierung ging es Deutschland recht gut. Das hielt bis zum Ausbruch des ersten Weltkriegs 1914 an. Damals verlor die Monarchie ihre Dominanz durch die soziale Not.

Es gab erst ab 1885 erste Fahrzeuge und dampfbetriebene Straßenbahnen. Pferdekutschen dominierten das Straßenbild.

Berlin 1880

Konstanze sah sehr schön aus in ihrem neuen Kleid. Der Jugendstiel hatte gerade Einzug gehalten und prägte die Modewelt. Ausladende Reifröcke oder Kostüme, sowie überdimensionale Hüte waren hochmodern. Sie wurde 1855 geboren und war nun schon länger eine erfolgreiche Geschäftsfrau. Die Eltern, geboren 1820, legten Konstanze das Schneiderhandwerk in die Wiege. Robert, Konstanzes Bruder, hingegen war eher ein Abenteurer. Er wanderte nach Amerika aus, nachdem seine Frau früh verstarb.

Robert hinterließ Tochter Emma, geboren 1860. Angelockt vom Goldrausch suchte er dort sein Glück. Seine Tochter gab er mit viel Vertrauen in die Hände seiner Schwester, sie sollte ein ordentliches Handwerk erlernen.

Die junge Frau Konstanze hatte Schwierigkeiten ihren Rock zu fassen, schaffte es aber dann doch in die wartende Kutsche einzusteigen. Sie musste schnell ins Geschäft. Konstanze war, wie erwähnt, Inhaberin der kleinen Schneiderei, die bis vor kurzem noch ordentlich Kundschaft hatte.

Selbst Otto von Bismarck hatte schon bei ihr schneidern lassen. Nun ist es sehr ruhig geworden, obwohl es den Leuten nicht schlecht ging. Konstanze selbst hatte sich in einer kleinen Hinterhofwohnung niedergelassen. Das genügte ihr vollkommen, denn sie hatte für sich keine großen Ansprüche. Außerdem war die Wohnung günstig; sie musste sparen wo es nur möglich war. Drei Angestellte, darunter auch Emma, Konstanzes Nichte, waren in ihrem Laden beschäftigt und mussten alle zwei Wochen bezahlt werden. Nun, Emma bekam manchmal etwas später ihren Lohn, Konstanze hoffte, dass sie einmal Mitinhaberin werden würde. Obwohl Emma immer davon sprach, einmal ihrem Vater folgen zu wollen, um Arbeitskleidung in Amerika zu nähen. Dazu aber später mehr...

Potsdamer Platz

Angekommen an ihrem kleinen Laden, sagte Konstanze dem Kutscher, dass er einige Minuten warten möge. Sie stieg nicht aus, sondern beobachtete, wie ein gutgekleideter Herr ihr Geschäft verließ.

Der Anblick des Mannes machte sie stutzig, denn wie lange war es her, als solche Leute sie aufgesucht hatten? Er rief eine Kutsche herbei... weg war er...

Konstanze stieg nun aus und ging in die Schneiderei. „Konstanze, Konstanze, was denkst Du wer gerade hier war?" Lotte konnte vor Aufregung kaum sprechen. „Bitte langsam, Lotte.", sagte Konstanze und Lotte fuhr fort: „Ein Adeliger scheint er zu sein, ein feiner Herr... nur in Seide gekleidet. Er bestellte eine große Menge Gardinen und Brokatvorhänge. In drei Wochen will er alles abholen lassen. Eine großzügige Anzahlung hat er geleistet!" Lotte war immer noch sehr aufgeregt. Als beste Näherin verdiente sie für damalige Verhältnisse recht gut, 100 Mark, das kam schon fast dem Gehalt eines Beamten gleich... Konstanze sagte immer: „Du bist es Wert, darum zahle ich Dir einen guten Lohn."

„Hast Du dir den Namen Herrn aufgeschrieben, Lotte?", bemerkte die Chefin. „Natürlich, er hieß Freiherr von Beck!" „Von der Anzahlung werde ich die Stoffe kaufen, damit wir pünktlich liefern können.", sagte Konstanze.

Sie benötigte feinste Seide und Brokatstoffe. Am nächsten Tag fuhr sie nach Paris zu einer befreundeten industriellen Familie, die eine große Weberei besaß und Seide aus Indien bezog. Konstanze bestellte das was sie benötigte und fuhr nach Berlin zurück.

Einige Tage später kam die Ware mit der Bahn und musste vom Personal abgeholt werden. Nun flogen die Stoffe hin und her... es wurde gemessen und genäht... alles musste genau stimmen... keiner durfte sich einen Patzer erlauben, denn die Stoffe waren zu wertvoll.

Einige Wochen später ließ Freiherr von Beck die fertigen Gardinen abholen. Gleichzeitig schickte er an Konstanze eine Einladung um sich für die problemlose und gute Fertigstellung zu bedanken. Auf der Einladung stand

Schloss Britz

„Na, ja, Schaden kann es nicht dieser Einladung zu folgen.", sagte Konstanze. Einige Tage später befand sie sich in bester Gesellschaft wieder. Der preußische Landadel bat zu Tisch. Der Herr des Hauses, Emanuel von Beck, war noch recht jung. Vor einiger Zeit zog er in dieses Schloss, renovierte es aufwändig... die schönen Vorhänge und Gardinen von Konstanze zeigten seinen guten Geschmack.

Der Freiherr wollte viel wissen von Konstanze, ebenso seine Schwester, die das Schloss ebenfalls bewohnte. Das Essen war wunderbar; und der Wein stieg Konstanze in den Kopf.

„Ich werde Sie selbstverständlich mit der Kutsche zurückbringen lassen", sagte von Beck. „Ich fahre gern mit, damit Sie gut ankommen."

Konstanze schämte sich... musste ausgerechnet dieser Mann sehen wo sie wohnte? In einer schäbigen Hinterhofwohnung... nein, das wollte sie auf keinen Fall! „Ach, wissen Sie, bis zum Potsdamer Platz ist doch nicht so weit, das geht schon, wenn ich allein fahre!" „Ungern, aber wenn es Ihr Wunsch ist", entgegnete von Beck.

Sie verabschiedeten sich und von Beck bedankte sich nochmals für die wunderbare Arbeit. Geschickt lud er sie zu einer Bootsfahrt ein. Der Langen See war nicht weit vom Schloss entfernt, die wunderbare Seenlandschaft rund um Berlin lädt zum Spaziergang oder zum Rudern ein... Konstanze willigte ein.

Das Glöckchen der Ladentür müsste geölt werden, man nahm sie kaum mehr war. Als Emanuel von Beck eintrat, konnte man aber seine kräftigen Schritte wahrnehmen.

Lotte kam aus der Nähstube nach vorne und wollte wissen, was sie für ihn tun könne. Dieser wollte Konstanze zur Bootsfahrt abholen. „Guten Tag!", meldete sich Konstanze und gab dem Personal Bescheid.

Immer wieder musste Konstanze neuerdings dem Personal unter die Arme greifen, da, oh Wunder, viele Aufträge hereinkamen. Emma war ja noch in der Ausbildung, sie lernte aber schnell. Es musste sich wohl sehr schnell herumgesprochen haben, dass von Beck Kunde bei ihr war.

Den Verdienst, den die Kundschaft brachte, konnte Konstanze dringend gebrauchen.

Sie fuhren mit der Kutsche zum See und genossen den sonnigen Tag. Auf der Heimfahrt schaute Emanuel Konstanze lange an und bemerkte: „Sie sind eine sehr schöne Frau, Konstanze."

Verlegen schaute sie zur Seite und antwortete nicht. Nachdem sie am Potsdamer Platz angekommen sind, verabschiedeten sie sich. Sie traute sich nicht ihm in die Augen zu sehen, so verlegen hat sie Emanuel gemacht. Schnell stieg sie aus und verschwand im Laden.

Von Beck war ein Mensch, der sich nie auf die faule Haut gelegt hatte; er angergierte sich in der Industrie und im Bergbau. Über Arbeit konnte er sich nicht beklagen, schließlich musste das Schloss finanziert werden. Was nutzte ihm der Adelstitel, wenn er ein armer Schlucker war.

Konstanze arbeitete mit Lotte und den beiden anderen Frauen ununterbrochen. Es wurde gemessen, zurechtgeschnitten und genäht. Die feinen Damen und Herren der Gesellschaft kamen gern zur Anprobe oder bestellten Stoffe.

Über Aufträge konnte sich Konstanze nicht beklagen, das war auch gut so, so konnte sie die Löhne pünktlich bezahlen. Die Ladenmiete war auch nicht billig... nach langer Durststrecke konnte Konstanze nun endlich aufatmen! Selbst für den Leierkastenmann, der sich seit einigen Tagen vor dem Laden platzierte, fiel immer etwas ab.

Nach ein paar Wochen meldete sich Freiherr von Beck wieder bei Konstanze. Er kam, wie immer nicht lautlos, in den Laden gelaufen und rief voller Freude: „Fräulein Konstanze, ich bin es, Emanuel!" Sie hörte es nicht, denn sie war gerade damit beschäftigt ihre neuste Errungenschaft auszupacken... eine neue Nähmaschine! Es war ihre erste Nähmaschine, eine Opel, auf die Konstanze sehr stolz war... nun konnte sie noch schneller arbeiten.

Immer wieder rief von Beck: „Konstanze, ich bin es, Emanuel!" Endlich reagierte sie und kam in den Laden. „Guten Tag, Emanuel, kann ich etwas für Sie tun?" „Nein... oder doch!" Er wusste nicht wie er beginnen sollte... „Ich möchte mit Ihnen nach Luisenstadt fahren und Sie ins Theater einladen." Schon wieder eine Einladung, dachte sie... sie wurde rot. Was bezweckte er damit? „Ja, gern, Emanuel."

„Jetzt Sonntag!" Emanuel freute sich. Von Beck weiter: „Fräulein Konstanze, ich habe gehört, dass der Mietshausbau in Charlottenburg floriert, ich könnte Ihnen in einer besseren Umgebung eine Wohnung besorgen. Außerdem bin ich mit dem Bürgermeister Fritsche sehr bekannt." „Sie meinen es sicher gut mit mir, aber ich möchte hier nicht weg, ich bin hier aufgewachsen und meine Kundschaft wohnt hier."

Am Sonntag fuhren sie gemütlich mit der Kutsche nach Luisenstadt ins Zentral Theater. Eine wunderbare Aufführung bei der sich auch Konstanze und Emanuel näher kamen. Plötzlich saßen sie ganz eng beieinander. Ungewollt berührten sich ihre Hände... erschrocken zog Konstanze ihre Hand zurück. Aber Emanuel zog sie wieder an sich und küsste ihre Hand... sah sie an... ihre Blicke trafen sich.

Von diesem Augenblick an begann eine Romanze.

Nach wie vor trafen sie sich. Die Schneiderei lief gut. Viele Menschen zogen hierher, auch sie wurden Kunden der Schneiderei. Dem Leierkastenmann ging es ebenfalls recht gut. Von den Groschen, die er bekam, konnte er gut leben. Von jetzt an sollte sich alles ändern.
Auch Emma bekam nun immer pünktlich ihren Lohn. Sie suchte in ihrer Freizeit viele Informationen über Jeans. So konnte sie ihre Tante aufklären: „Der Ursprung waren Hosen aus Baumwolle, die aus der Gegend um die italienische Stadt Genua in die USA kamen. Aus der französischen Form des Städtenamens Gênes entwickelte sich in Amerika die Aussprache „Jeans". Levi Strauss, der in Franken geboren wurde und als Auswanderer 1847 nach San Francisco ging, fertigte für Goldgräber diese robuste Arbeitsbekleidung.
Vater trägt sie bestimmt ebenfalls."

Konstanze hörte aufmerksam zu und merkte, dass Emma doch einmal einen anderen Weg einschlagen würde. „Übrigens, liebe Tante, die Gênes ist aus dem Stoff „Serge de Nîmes" (Gewebe aus der Stadt Nîmes), kurz Denim Jeans. Ist das nicht alles interessant?" Ihre Tante stimmte zu.

Regelmäßig fuhr Konstanze nun mit dem Zug nach Frankreich um Stoffe zu kaufen. Auch an diesem Tag... ausgerechnet jetzt... inmitten des Erfolgs, geschah das Unfassbare... Sie wollte gerade in den Zug einsteigen und machte einen Fehltritt... sie fiel... der Zug kam in Fahrt und, wie furchtbar, er fuhr über ihre Beine... es war grausam.

Man brachte sie in eine Krankenanstalt. Der behandelnde Arzt sagte nur: „Mein Gott, so eine junge Frau." Die Operation dauerte sehr lange. Am nächsten Tag konnte der Arzt Konstanze mitteilen, dass sie ihr Beine zwar behalten kann, jedoch die Nerven geschädigt sind, so dass sie nie wieder laufen könne.

Konstanze weinte unaufhörlich. Eine Welt brach für sie zusammen. Ihre Schneiderei... ihre Wohnung, in der sie sich so wohl gefühlt hatte... was soll nun werden?

Sie musste stark sein, irgendwie musste es weitergehen, dachte sie.
Konstanze veranlasste, dass Emanuel, Lotte und einige Freunde, eine Benachrichtigung erhielten.

Der Aufenthalt im Sanatorium dauerte viele Wochen...
Konstanze kämpfte, ihr Lebensmut verhalf ihr dabei,
dass sie wieder nach Hause konnte. In der Zwischenzeit
teilte ihr Lotte mit, dass sie sich nicht um das Geschäft
sorgen müsse. „Ich werde mich mit Emma gut darum
kümmern, alles wird gut!" Emma legte ihre
Auswandergedanken nun erst einmal zur Seite.
Um ihre Tante nicht noch mehr zu beunruhigen,
sprach sie auch nicht mehr darüber und war noch
fleißiger.

Emanuel erhielt den Brief während einer geschäftlichen
Besprechung. Er öffnete den Brief, setzte sich, eiskalt
lief es ihm über den Rücken. Sein Einglas glitt ihm
vom Auge, ganz bleich wurde er.

Er rief nach seiner Hausdame Berta: „Bitte packen Sie
mir sofort das Nötigste für einige Tage ein, ich verreise!"
Berta stellte keine Fragen, aber sie vermutete, dass,
anhand vom Gesichtsausdrucks von Becks, etwas nicht
stimmt. Der Schlossherr rief die Kutsche, einige Stunden
später kam er zu Konstanze.

Das Krankenhaus machte einen beängstigenden
Eindruck... kalt und unpersönlich war das Gemäuer.
Aber es nutzte nichts, er musste zu Konstanze.
Er weinte noch bevor er das Zimmer betrat.
Emanuel öffnete die Tür. Sie saß im Rollstuhl... mit dem
Gesicht zum Fenster. Sie schämte sich.

Konstanze wollte nicht, dass er sie so sah. Er flüsterte: „Bitte mein Schatz, drehe Dich zu mir um, bitte." Langsam drehte sie sich zu ihm, ganz gelang es ihr jedoch nicht.

Ihre Schönheit hatte nicht gelitten... aber die Seele... was war sie denn noch wert? Sie konnte nicht mehr laufen, die Gedanken an die Zukunft verwarf sie.

Aber Emanuel ließ sich nicht von ihrer Behinderung beeinflussen, er sprach: „Konstanze, ich habe Dich als eine lebensbejahende, fleißige Frau kennengelernt, dazu noch jung und schön, bitte verzweifle nicht. Ich werde immer für dich da sein. Die besten Ärzte werden wir konsultieren, mit Geduld und meiner Liebe zu Dir wirst du wieder laufen können. Glaube fest daran, bitte."

„Emanuel, mein Traum ist zerplatzt, es lief doch alles so gut." „Aber Konstanze, es läuft auch weiterhin so gut, ich werde die Schneiderei übernehmen, wir heiraten und Du sitzt weiterhin an der Nähmaschine und organisierst alles."

Sie konnte nichts mehr sagen: „Aber,... aber,..." „Nichts, aber,...", grinste Emanuel und küsste sie zärtlich. Vieles wurde ihr nun klar und sie weinte vor Glück.

Die Hochzeit fand im Schloss Britz statt. Sie heirateten in Weiß. Konstanze war eine schöne Braut.

Übrigens schneiderte Emma das Brautkleid in ihrer Freizeit. Nachdem Emma sah, dass ihre Tante von nun an gut versorgt war, gestand sie bei der Anprobe, dass sie nun doch Berlin verlassen würde.

„Liebe Tante, das Hochzeitskleid soll mein Gesellenstück sein. Ich möchte Vater suchen und so wie Levi Strauss in Amerika Arbeitskleidung für die Goldgräber herstellen."

Mit Tränen in den Augen flüsterte Konstanze: „Meinen Segen hast Du, mein Kind und das Hochzeitskleid ist nicht Dein Gesellenstück, sondern Dein Meisterstück." Emma verließ 1886 mit 26 Jahren Berlin in Richtung Hamburg... dazu später mehr...

Einen Brief erhielt Konstanze irgendwann im Jahr 1887:

Liebe Tante Konstanze, lieber Emanuel,

ich bin in New York heil angekommen. Jetzt bin ich in Santa Fe und hoffe Euch bei guter Gesundheit.
Die Überfahrt von Hamburg verlief recht reibungslos.
Es streikte bei dem Dampfer mit Namen Lahn öfter der Ofen. In Deiner Schneiderei passierte dies nie. Jetzt lache ich darüber. Auf hoher See war mir dann doch mulmig.
In Hamburg traf ich Johann. Er lebt seit 1880 in Hamburg, wo er kellnert. Sein Leben sah alles andere als beneidenswert aus. Er wurde von seinem Chef und sogar seiner Mutter geschlagen. Johann war der Fußabtreter der ganzen Firma und Familie. Seine Mutter wusste, dass sie ohne ihn nicht

leben konnte, dennoch missachtete sie ihn. Da kam Johann die Idee, die sein Leben verändern sollte, er zog einfach auch auf nach Amerika. Ich kannte ja niemanden, das war eigentlich doch sehr gefährlich. Da kam mir Johann gerade recht. Sein Ziel war es, in Vancouver, auf jeden Fall hinter den Rocky Mountains, als Trapper zu arbeiten. Das war die perfekte Gelegenheit für mich von der Ostküste wegzukommen und endlich in den Wilden Westen zu gehen. Zusammen sahen wir uns die Einweihung der Freiheitsstatue an. Auf unserer Reise nach Santa Fe mussten wir viele Hindernisse überwinden, die so zahlreich sind, dass ich nicht alles aufschreiben kann. Wir schlossen uns einem erfahrenen Trapper an, sein Name war Big Ben. Er lehrte uns so einiges, um überleben zu können. Als Trapper lernt man sogar Indianersprachen. Aber das Wichtigste, was man als Fallensteller lernt, ist, dass die Natur das Schönste ist, was es auf der Welt gibt. Ohne die Natur wird kein Trapper und auch kein anderer Mensch leben können. Und Amerika hat sehr viel Natur. Wir sind nun in Santa Fe. Diesen Brief bringe ich jetzt zur Post. Wie es weiter geht, wird sich noch zeigen. Johann möchte gern in Richtung Vancouver, ich suche ja Vater. Im Hotel lernten wir Herrn Wyatt Earp kennen. Mit ihm möchte ich heute noch sprechen.

Seid lieb von mir gegrüßt
Eure Emma

Auf beiden Kontinenten verging die Zeit. Schauen wir zunächst nach Deutschland, bevor von Emmas Erlebnissen weiter berichtet wird.

Emanuel und Konstanze lebten bis zum Kriegsausbruch 1914 im Schloss. Emanuel starb wenig später an einer Lungenentzündung. Konstanze und ihr Söhne hatte in der Schweiz ein Zuhause gefunden.

Aus der kleinen Schneiderei wurde dank des Herrn Freiherr von Beck ein riesiges Unternehmen, das von der Schweiz aus geführt wurde. Konstanze erreichte ein hohes Alter. Wenn sie an ihre kleine Schneiderei am Potsdamer Platz dachte, schmunzelte sie.

Zur Erinnerung an ihre Mutter, zogen Sigmund und Fritz von Beck wenige Jahre später nach Berlin um das Textilunternehmen ihrer Eltern weiterzuführen. Sigmund und Fritz starben relativ früh. Eine Erbkrankheit raffte sie dahin. Da gab es noch Josefine, die Tochter von Fritz von Beck. Sie war eine schöne attraktive junge Frau im Alter von 28 Jahren.

Sie war anmutig, grazil und elegant, wie ihre Großmutter Konstanze. Das Haus, in dem sich die kleine Schneiderei befand, existierte nicht mehr. Nach dem Krieg wurde alles neu bebaut und es entstand neuer Wohnraum. Berlin war nach wie vor Anziehungspunkt und viele siedelten sich in dieser einmaligen Stadt an. Josefine konnte sich aber an

Hand von alten, vergilbten Fotos ein Bild von der kleinen Schneiderei am Potsdamer Platz machen.

Konstanze war ja früher sehr stolz auf ihren kleinen Laden. Er war Treffpunkt für die einfachen Leute und die gutbetuchten Käufer. Josefine war sehr stolz eine Großmutter gehabt zu haben, die in der Kaiserzeit im Alten Berlin einen Namen hatte. Viel musste in den ersten Jahren mit der Hand genäht werden. Später dann kam die erste SINGER Nähmaschine, die schon damals sehr teuer war. Konstanze sparte damals an allen Ecken und Kanten, aber sie schaffte es. Nach und nach kamen noch zwei weitere Maschinen.

Josefine hatte nicht nur die Schönheit ihrer Oma geerbt, sondern auch ihren Ehrgeiz, ihren Stolz und ihr Durchsetzungsvermögen. Immer stolzer wurde Josefine, denn das, was sie auf den Fotos sah und aus den Briefen ihrer Großmutter erfuhr, machte sie traurig und stolz zugleich. Nicht immer gab es gute Monate in der Schneiderei ihrer Oma. Das Personal musste bezahlt werden und lieber verzichtete Konstanze auf viele Dinge, als dass sie ihr Personal vernachlässigte. Das hätte sie sich nicht leisten können.

Das Textilunternehmen ihres Vaters Fritz von Beck und ihres Onkels Sigmund sollte sie weiterführen. Sie wollte es eigentlich nicht, denn sie hatte ganz andere Vorstellungen. Da ihre Großmutter immer schon ihr Vorbild war, erlernte sie den Beruf der Schneiderin und machte ihre Meisterprüfung. Josefines Herz hing an den nostalgischen Dingen, an den Kleidern und Hüten, die damals getragen wurden, und vor allem an den kleinen Geschäften, die viel Gemütlichkeit und Wärme ausstrahlten.

Josefine veranlasste, dass das Unternehmen in andere Hände kam und machte in Berlin, am Kurfürsten Damm, ein kleines Geschäft auf. Normalerweise brauchte sie nicht zu arbeiten, denn sie war schon jetzt eine sehr reiche Frau. Sie wollte einfach ihrer geliebten Oma eine Art Denkmal setzen mit dieser Schneiderei.
Der Schriftzug über dem Eingang lautete:

Josefines und Konstanzes Nähstübchen

Dies sollte an ihre wunderbare Großmutter erinnern. Die junge Frau, wollte Kleidung nähen, die zwar modern sein sollte, aber einen Hauch von Nostalgie aus dem 19. Jahrhundert haben musste. Sie hoffte damit eine einzigartige Mode auf den Markt zu bringen.

„Frank, kannst Du mal kurz kommen?", rief Holger Breitscheid von hinten aus der Halle! Er war führende Kraft in einem Logistikunternehmen in Berlin Spandau. Die Frachtkontrolle war das Wichtigste überhaupt in dieser Firma. Die LKW's mussten richtig beladen sein und auch gut gesichert werden. Frank Schulte war mit seinen 24 Jahren erst am Anfang seines Berufslebens, da er sich schulisch weitergebildet hatte. Anfang der

1970'er Jahre wurde in großen Firmen noch nicht auf jeder Ebene mit Computern gearbeitet.

Viele Arbeitsgänge waren noch recht mühsam, gerade in solchen großen Unternehmen, zu bewerkstelligen. „Ja, rief Frank Schulte, ich komme sofort." Frank war die rechte Hand von Holger Breitscheid. Die Kollegen sagten oft, sie seien ein tolles Team.

Berlin war jetzt im Wandel der Zeit. Alles wurde moderner. Einkaufszentren wurden errichtet und die kleinen Geschäfte hatten kaum noch eine Chance zu überleben. Doch Josefine von Beck ließ sich nicht davon beeindrucken. Sie baute jetzt, gerade von ihrem Ehrgeiz angespornt, ihren kleinen Laden auf. Alles war hochmodern und auch die besten Nähmaschinen konnte sie anschaffen. Sie stellte vier Näherinnen ein. Von den Räumlichkeiten her war es auch schon ausreichend. Liselotte, Klara, Conni und Brigitte waren einfach perfekt.

Das Konzept stand und es wurden Probekleider genäht, die Josefine in ihrem kleinen Schaufenster ausstellte. So konnte sich die künftige Kundschaft schon einmal ein Bild machen. Ihre Stoffe ließ sie sich von einer ansässigen Spedition liefern. Die edlen Stoffe suchte Josefine in verschiedenen Ländern aus, die dann wiederum eine Spedition beauftragte, die Stoffe abzuholen und auszuliefern.

„Frau von Beck", rief Klara, „sind denn schon Aufträge hereingekommen?" Josefine antwortete ruhig:
„Nein Klara, noch nicht, aber es wird bestimmt nicht lange dauern, denn wir haben ordentlich Werbung gemacht. Wie damals, in der Zeit ihrer Großmutter Konstanze, spielte auch vor ihrem kleinen Laden ein Leierkastenmann, die alten Berliner Lieder aus der Zeit als Zille noch lebte." „Alles hat sich geändert, nur die Leierkastenspieler werden wohl nie aussterben.", dachte Josefine.

Ja, das ist eben Berlin, was wäre diese Stadt ohne sie.

„Frank, wie weit bist Du mit den Speditionsaufträgen?", rief Holger Breitscheid. Er antwortete etwas genervt, denn mehr als arbeiten konnte er auch nicht: „Die Fracht muss noch gesichert werden, dann fahre ich selbst raus." „Dieses Mal ist es ganz in der Nähe", sagte Frank. „Okay, bis heute Abend dann, mein Freund.", murmelte Holger, während er die Halle verließ. „Ach ja, noch was ist wichtig. Denke bitte an meine Geburtstagsparty, Deine Frau wollte doch einen Käse-Igel vorbereiten, den Du mitbringen sollst."

Josefine wartete an diesem Morgen ungeduldig auf eine Stofflieferung aus Paris. Feinste Seide hatte sie für ihre ausgefallenden Modelle gekauft. Sie stand hinter der Ladentheke und sortierte Ware ein, als die Tür aufging und die Hauseigentümerin Johanna Wirtz eintrat. Hanna war ihre Freundin. Sie gingen zusammen in die

Schule und verstanden sich so gut, als wenn sie Geschwister gewesen wären.

Aufgeregt sagte Johanna: „Fine, Fine, ich kann nicht mehr, Du musst mir helfen." „Was ist denn los Hanna?", fragte sie die junge Frau, die im gleichen Alter war wie Josefine. „Es ist etwas Schlimmes geschehen. Ich war heute beim Arzt und mir wurde eine schlimme Nachricht mitgeteilt.", antwortete die verzweifelte Frau. Johanna hatte einen kleinen Jungen von drei Jahren. Der Vater hatte sie schon kurz nach der Geburt des Kindes sitzen gelassen. Unter Tränen sprach sie weiter: „Fine, man hat mir nur noch ein halbes Jahr Lebenszeit bescheinigt, da ich Blutkrebs habe, der nicht mehr heilbar ist."

„Nun mache ich mir Vorwürfe, dass ich nicht schon viel früher zum Arzt gegangen bin.", sagte Johanna mit einer weinerlichen Stimme. „Was mache ich denn nur mit dem kleinen Danny, was soll aus ihm werden?"

Johanna brach zusammen. Josefine kam sofort angerannt und half der Freundin hochzukommen. Josefine versprach ihr: „Ich werde den kleinen Danny erst einmal vom Kindergarten abholen und zu Dir bringen." „Du, geh' bitte schon Mal nach oben in Deine Wohnung und lege Dich hin.", sprach Josefine mit einer beruhigenden Stimme.

„Was soll nur aus dem Kind werden, er braucht doch eine Mutter.", weinte Hanna. „Bitte, es wird alles gut, das verspreche ich Dir, liebe Johanna.", sagte Josefine.

Da der kleine Danny Josefine sehr gut kannte, freute er sich, als er von ihr abgeholt wurde. „Wo ist Mama?", fragte er schnell. „Deine Mama ist nur etwas müde, Danny, sie hat sich hingelegt.", antwortete die junge Frau. „Ist gut", lachte der aufgeweckte Junge und schlenderte mit Josefine nach Hause. Johanna erwartete die beiden schon und rief: „Da seid ihr ja endlich!" Johannas Stimme war sehr schwach, man konnte es deutlich hören. Das Kind sprang freudestrahlend auf das Sofa und wollte mit seiner Mutter spielen. Doch Hanna, wie sie von Josefine genannt wurde, atmete schwer und war doch froh, als der Kleine wieder ruhig mit seinen Autos spielte. Johanna sprach: „Fine, ich spüre, dass ich immer kraftloser werde, wir müssen uns einmal über Dannys Zukunft unterhalten." „Ich weiß schon, was du mir sagen willst, Hanna, das Thema brauchen wir gar nicht erst zu diskutieren.", sagte Josefine. „Ich werde den Jungen zu mir nehmen und ihn großziehen.", antwortete sie mit ruhiger Stimme. „Aber vorerst steht dies noch nicht zur Debatte.", meinte Fine. Johanna konnte sich die Tränen vor dem Jungen nicht mehr verkneifen. Dieser kam angelaufen und drückte sie ganz fest.

Josefine musste wieder schnell in ihren Laden, denn sie erwartete schon ungeduldig die Stofflieferung.
Ihre Mädels hatten sich schon gut vorbereitet; mit den neuen Zeichnungen und Schnitten wollten sie zeigen, was sie konnten und ihre Chefin so nicht enttäuschen.

Lotte, Klara, Gitte und Conni waren ausgebildete Schneiderinnen und auch schon auf Modenschauen angestellt. Sie waren schon ganz heiß darauf, zu zeigen, was sie konnten.

„Ich fahre dann los!", rief Frank Schulte durch die Speditionshalle der Firma Ramottke. Heute hatte der junge Mann Stoffe geladen für ein kleines Geschäft, welches erst vor kurzem eröffnet wurde. Die Inhaberin Josefine von Beck wartete schon. Sie rief schon den ganzen Vormittag an und machte Druck. Doch die Stoffe kamen erst recht spät in der Spedition an. Der LKW, der die Ballen aus Paris abholen sollte, hatte unterwegs eine Panne.

Frank fuhr los. Berlin war eine sehr moderne Stadt geworden. Viele Straßen hatten immer noch das alte Kopfsteinpflaster aus dem 19. Jahrhundert. Komischerweise konnten die Bomben aus dem zweiten Weltkrieg hier nichts ausrichten. An Josefines Nähstübchen angekommen, wurde Frank schon ungeduldig von Klara empfangen. Sie hastete zum Auto und stolperte fast in Franks Arme. Der junge Mann konnte sich das Grinsen nicht verkneifen.
„Eine attraktive Frau", dachte er. Klara war gerade 22 Jahre jung und unglaublich ehrgeizig. Sie wollte unbedingt zeigen, was sie konnte. Bei Josefine war das kein Problem, denn sie ließ die Mädels machen, was sie für richtig hielten.

Klara war die verträumtere von den vier Frauen. Sie wollte unbedingt irgendwann einmal eine Familie und Kinder haben. Aber im Moment war dies noch kein Thema. Gerne spielte sie in den Pausen auch mit Danny, der kleine Sohn von Johanna, der Hauseigentümerin und Verpächterin der kleinen Nähstube. In den drei Monaten des Ladenaufbaus hatte sie das Kind schon in ihr Herz geschlossen.

Josefine freute sich sehr über die wunderschönen Stoffe aus Paris, denn nun konnte es endlich losgehen. Tag und Nacht wurden Kleider und Röcke, aber auch Mäntel, genäht. Alle Kleidungsstücke hatten einen Hauch von Nostalgie und erinnerten an manchen Schnittpunkten und Kragenausschnitten an die Mode des 19. Jahrhunderts. Ihre Großmutter Konstanze wäre sehr stolz auf sie gewesen.

Ein paar Tage später fand sich neugierige Kundschaft ein. Sie schauten sich um und waren schnell begeistert von der Qualität der Stoffe und dem Modestiel. Josefine stellte schnell fest, dass ihre Kundschaft gut betucht war. Das konnte ihr nur recht sein. „Haben Sie auch Kostüme in meiner Größe?", fragte Frau Göring. „Aber sicher, ich werde einmal bei Ihnen Maßnehmen.", entgegnete Klara schnell. Die Freude ließ ihre Wangen rot leuchten.

Ruck, zuck hatte sie alle Daten der Kleidergröße. „Ein Kostüm mit schwarzer Spitze am Kragen und diesen etwas ausgeschnitten wünschte ich mir.", sagte Frau Göring etwas schüchtern. Sie bat noch um einen lindgrünen Stoff und sehr kurzem Rock. Da die Mode zu diesem Zeitpunkt auf Mini eingestellt war und Frau Göring für ihr Alter noch eine tolle Figur hatte, konnte Josefine ihr den Wunsch nicht abschlagen. „Sie haben einen exzellenten Geschmack.", flüsterte Josefine ihr leise zu. „Vielen Dank", antwortete die 50 jährige Dame. Josefine bot ihr an, doch in einer Woche wieder zu kommen, für die Anprobe. Nochmals dankend, verabschiedete sich die Kundin.

Die Frauen machten sich sofort an die Arbeit. Es wurde gemessen, zugeschnitten und genäht was das Zeig hielt. Das Geschäft florierte und alle waren glücklich.
Das Kostüm von Frau Göring wurde ein voller Erfolg.

Im Laden klingelte das Telefon am Tage darauf. Johanna war am Apparat. Sie brauchte dringend Hilfe und bat Josefine wieder um die Abholung des Kindes aus dem Kindergarten.
„Ich hatte einen Schwächeanfall und sehr starke Schmerzen.", klagte Hanna. „Mach' Dir bitte keine Gedanken, ich hole Danny ab und wenn Du willst, kann er bis Ladenschluss hier im Geschäft spielen.", antwortete Josefine. Hanna war einverstanden, aber es blieb leider nicht bei dem einen Mal. Immer wieder war der drei Jahre alte kleine Junge unten im Laden, schaute zu, wie genäht wurde und freundete sich hauptsächlich mit Klara an.

Josefine fuhr in ihrer freien Zeit mit ihrem Motorboot auf verschiedenen Berliner Veranstaltungen mit. Ein ausgefallenes Hobby für eine Frau, aber es machte ihr eben Spaß. Leider wird ihr eines Tages dieses Hobby Unheil bringen. Danny weinte oft in der letzten Zeit. Denn auch das Kind merkte, dass es seiner Mutter schlecht ging. Immer öfter mussten Josefine und auch Klara den Kleinen wieder auffangen. Es war Anfang Dezember, als Johanna ins Krankenhaus musste. Dort versuchte man sie etwas zu stärken und ihr die Schmerzen zu nehmen. Doch die junge Frau wurde von Tag zu Tag schwächer.

„Guten Morgen, Hanna.", flüsterte Josefine von Beck ihr ins Ohr. „Oh, Fine, schön Dich zu sehen.", antwortete die totkranke Frau mit ungewöhnlich klarer und fröhlicher Stimme. „Fine, ich habe ein Testament gemacht. Es liegt in einem Wandtresor in meiner Wohnung.", sagte Johanna. „In der Handtasche, die da drüben steht, ist der Schlüssel.", flüsterte sie nun. „Du hörst Dich gut an, Hanna.", stellte Josefine fest. Johanna sprach: „Ja, aber ich fühle, dass ich nicht mehr lange lebe, darum müssen wir schnell klare Verhältnisse schaffen."

Josefine redete mit ruhiger Stimme auf ihre Freundin ein: „Liebe Hanna, ich will nicht drängen, aber wäre es nicht besser, ich würde mich jetzt schon um die Adoption des Kindes kümmern?" Auch Hanna entgegnete ruhig: „Genau dies wollte ich Dir sowieso raten, denn ich weiß, dass ich nicht mehr lange leben werde." Josefine blieb noch etwas, bevor sie sich von der Kranken verabschiedete. Das Kind wollte sie aber vorläufig nicht mitnehmen.

Danny hatte sich schon gut in der Nähstube eingelebt. Während Hannas Krankenhausaufenthaltes, wohnte Fine in der Wohnung ihrer Freundin, um sich besser um den Dreijährigen kümmern zu können. Klara und sie wechselten sich oft ab, denn die Nähstube durfte nicht vernachlässigt werden. Die Aufträge liefen gut und die Kundschaft war begeistert von der ausgefallenden Mode, die hochelegant war.

Frank Schulte ging es an diesem Morgen nicht so gut. Er verspürte einen komischen Druck in der Magengegend. Nicht etwa, dass ihm schlecht war, nein, im Gegenteil. Jedoch die Arbeit musste erledigt werden. Wieder führte ihn der Weg zur kleinen Nähstube von Josefine Beck. Dieses Mal konnte Klara nicht die Ware entgegennehmen, da sie Danny betreuen musste.

Immer neue und schönere Kleider wurden in der kleinen Nähstube fertiggestellt. Die zahlreichen Kunden, vorwiegend reiche Herschafften, gaben eine Bestellung nach der anderen auf. Etwas enttäuscht, Klara nicht zu sehen, fuhr Frank wieder weg, nachdem er die Ware ausgeliefert hatte. Langsam wurde dem jungen Mann klar, dass dieses Gefühl, welches er hatte, keine Krankheit war, sondern ein Gefühl der Verliebtheit. Er hatte sich doch tatsächlich in Klara verguckt.

Es wurde nun Zeit, dass Josefine etwas unternahm. Der Zustand von Johanna verschlechterte sich von Tag zu Tag. Das Testament hatte Johanna gefunden und die Adoptionsunterlagen für den Jungen waren schon ausgefüllt. Mit dem schriftlichen Einverständnis von Hanna und unter diesen schlimmen Umständen, wurde es ihr leicht gemacht. Josefine ließ keine Zeit verstreichen und innerhalb von drei Wochen war die Adoption durch.

In der Nähstube ging es hoch her.
Das Weihnachtsgeschäft florierte und die Mädchen gaben sich alle Mühe um ihr Bestes zu geben.

Es fielen schon die ersten Schneeflocken vom Himmel und der Leierkastenmann spielte in der Kälte, genau wie damals, als ihre Großmutter noch lebte.
„Hallo, Frau Nolte.", rief Josefine einer Kundin zu, die gerade in ihren Laden wollte. „Wie geht es Ihnen, waren Sie krank?", rief Fine mit einem Frösteln in der Stimme, denn es war eisig kalt an diesem Morgen. „Ja, leider, ich hatte etwas länger und unerwartet im Krankenhaus gelegen.", meinte Frau Nolte, freundlich wie immer. „Gestern wurde ich entlassen.", lachte sie. Frau Nolte runzelte die Stirn und überlegte: „Ich habe im Krankenhaus gehört, dass Ihre Freundin Johanna nun künstlich ernährt wird, weil es ihr sehr schlecht geht." Josefine, die gerade den Schnee vor dem Laden fegte, ließ sofort den Besen fallen und rannte aufgeregt in den Laden. Sie konnte aus Zeitmangel ein paar Tage nicht ins Krankenhaus fahren. Sie machte sich Vorwürfe.

Nur durfte sie sich jetzt vor der Kundin nichts anmerken lassen. „Was kann ich denn für Sie tun, Frau Nolte?" Die etwas kleine und gedrungene Frau war schon Stammkundin bei Fine. Sie nähte alles selbst, sogar ihre Tischdecken und Kissenbezüge. Dazu suchte sie sich immer die schönsten Stoffe aus und ließ sich diese bei Josefine zuschneiden.

„Klara, Klara, Du musst Danny für ein paar Stunden beschäftigen, denn ich muss umgehend zu Johanna, ihr geht es schlecht.", rief sie nach hinten in den Raum, indem genäht wurde, nachdem Frau Nolte den Laden verlassen hatte. Josefine konnte kaum ein verständliches Wort herausbringen: „Bau doch mit dem Jungen einen Schneemann im Park, dann ist er erst mal abgelenkt." Leise antwortete ihr Klara, denn die Frauen konnten keine Ablenkung gebrauchen: „Klar, mach ich doch, die Zuschnitte für die Aufträge sind ja schon fertig."

Die Tür von Hannas Zimmer stand offen. Hektisch liefen Ärzte und Schwestern hin und her. Josefine stand wie versteinert da. Sie musste sich zusammennehmen. „Was ist los?", rief sie dem vorbeilaufenden Arzt hinterher. „Wer sind Sie denn, ich gebe doch nicht jedem Auskunft.", sagte der Arzt. „Mein Name ist Josefine von Beck.", antwortete sie verängstigt. Sie machte dem Arzt Dr. Storm klar, dass Johanna ihre Freundin sei, mit der sie auch zur Schule ging. Weiter erklärte sie ihm, dass sie ihren Sohn adoptiert hatte. Mit bewundernden Blicken musste Dr. Storm nun erklären, dass Johanna im

Sterben lag und dass man jeden Tag mit dem Schlimmsten rechnen müsse. Josefine von Beck betrat weinend das Krankenzimmer. Es war irgendwie anders. Ja, den Tod konnte man riechen. Sie konnte ihn riechen. Den gleichen Geruch hatte sie in der Nase, als ihr Vater starb.

Johanna hatte die Augen zu. Sie befand sich in einem Dämmerschlaf, aus dem sie nicht mehr erwachte.

Sie starb an Heiligabend. An diesem Heiligabend war man traurig, aber auch gleichzeitig froh, dass sich Hanna nicht mehr quälen musste. Der kleine Danny dachte überhaupt nicht an seine Mutter, sondern spielte ausgelassen mit seinem neuen Spielzeug. Er tollte herum und freute sich seines Lebens. Den Heiligabend verbrachte Klara mit Josefine. Klaras Eltern lebten im Ausland. Damals war Klara gerade 18 Jahre alt, als Vater und Mutter sich entschieden, ein Bistro in Frankreich zu eröffnen. Seitdem leben sie dort.

Das junge Mädchen nahm sich früh eine Wohnung und wollte sein Leben selbst in die Hand nehmen. Sie ließ sich nicht überreden mitzukommen. Der Kontakt zu ihren Eltern war dürftig. Jedenfalls hatte sich der kleine Danny an beide Frauen gewöhnt. Er sah Josefine als seine Mama an und sagte auch oft zu Klara Mama. Ändern wollte die beiden Frauen das nicht.

Es wurde Frühling. Die neuesten Modevarianten wurden ausprobiert und zurechtgeschnitten. Es wurde genäht und immer ein Hauch von Nostalgie in die Kleidung gebracht. Die Frauenwelt war begeistert und sie rissen Josefine quasi die Klamotten aus der Hand.

Frank Schulte hatte es sich zur Aufgabe gemacht, die kleine Nähstube jedes Mal selbst zu beliefern, wenn die Stoffe ankamen. Auch an diesem warmen Frühlingstag, war der LKW fast voll mit Stoffballen und Nähutensilien, sowie Ankleidepuppen für das Schaufenster. Da der Lastwagen schon ein gewisses Alter auf dem Buckel hatte, konnten die Mädchen im Laden hören, wenn er kam.

„Frank ist da", rief Klara euphorisch. Sie rannte heraus und lief ihm lachend entgegen. „Hallo, Klara", grinste der junge Mann. Franks und Klaras Augen trafen sich und sie sahen sich minutenlang an. „Was ist denn los da draußen?", rief Josefine ungehalten. Sie wartete schon ungeduldig auf die Ware, denn es lagen schon wieder neue Aufträge vor. „Ja, ja, ich mach' schon", antwortete der verliebte Fahrer. Frank fuhr wieder zurück und schaute noch mal in den Rückspiegel, um eventuell noch etwas von Klara sehen zu können.

„Na, Klara, bist wohl verknallt oder?", fragte vorsichtig eine Kundin nach, die alles aus dem Laden heraus beobachten konnte. „Ja, bin ich wohl, Frau Behrens, bin ich.", lachte die junge Frau.

Josefine war schon ganz aufgeregt. Sie hatte Klara beauftragt, auf Danny aufzupassen, denn es stand wieder mal eine Motorboot-Regatta auf dem großen Wannsee an. Sie hatte eine Einladung bekommen von einer Cousine aus Belgien. Ihr Onkel Sigmund zog damals mit seiner Familie nach Belgien um dort einen Weinberg zu übernehmen und ist für immer geblieben. Rosa ist zwei Jahre jünger als Josefine.

Außer hin und wieder einer Postkarte, hatte sie kaum Kontakt zu ihr. Sie hatten aber eine gemeinsame Leidenschaft. Diese Leidenschaft bezog sich auf den Motorboot-Sport. Am Tage der Veranstaltung war Fine über alle Maßen aufgeregt. Sie vergaß alles um sich herum. Rosa hatte viel Ähnlichkeit mit ihr, nur die Haare waren Blond statt Braun, wie bei Josefine. Aber was spielte das für eine Rolle. Der Menschenauflauf am Großen Wannsee war an diesem Sonntag enorm. Es war Mai und schon recht warm. Alle Sitz- und Stehplätze waren belegt und alle fieberten dem Start entgegen.

Seit 10 Jahren betreibt Josefine den, nicht gerade ungefährlichen, Sport. Dazu musste sie einen Sportboot-Führerschein machen und brauchte auch eine Lizenz. Sie hatte damals von ihrem Vater einen Außenborder bekommen in Rot, ihre Lieblingsfarbe. Das Boot war offen und für Rundstreckenrennen ausgelegt, der sogenannten Formel 125. Zwei Mal hatte sie dem Tod in die Augen sehen müssen bei diesem Sport. Anfangs konnte Josefine mit der Schnelligkeit des

Bootes nicht umgehen. Sie überschlug sich ein paar Mal und fiel ins Koma, aber man holte sie zurück.

„Wo ist Mama?", rief Danny Klara zu, die gerade in der kleinen Küche für den Jungen ein Essen zubereitete. „Mama kommt heute Abend wieder mein Schatz, sie muss noch arbeiten.", antwortete Klara. „Kannst Du denn nicht meine Mama sein, Klara?", fragte er, in einer noch unvollständigen Sprache mit Berliner Dialekt. Es war herzzerreißend und gleichzeitig lustig.

„Aber Danny, natürlich kann ich Deine Mama sein, aber Du hast sogar zwei Mamas, das ist noch schöner.", meinte Klara mit einem fröhlichen Gesicht. „Du und Mama." „Ja, Danny.", lachte die junge Frau und nahm den Kleinen auf den Arm.

Die Woche begann hektisch. Viele Änderungen mussten in der kleinen Nähstube vorgenommen werden.
Die Kunden belagerten förmlich den Laden. Es wurde zugeschnitten, anprobiert, getrennt und wieder vernäht. Das Geschäft florierte ordentlich. „Hallo, Josefine!", rief eine piepsige Stimme. Rosa, ihre Cousine, war wieder in Berlin. Sie wollte Josefine einen kleinen Besuch abstatten. „Ich glaube, diese Stadt könnte mir sehr gefallen, denn Berlin hat eine Seele.", sprach sie leise. „Ach Rosa, komm doch einmal mit nach hinten, ich will dir die Nähmaschinen und den Arbeitsbereich der Mädchen zeigen.", sagte Fine.

Rosa ging mit und war begeistert. „Es sieht ja aus wie in einer Puppenstube. Die bunten Stoffe und die Ankleidebüsten sind ein ganz besonderer Blickfang." Josefine erklärte ihr, dass sie nur die edelsten Stoffe für ihre Kundschaft bereitstellen würde. „Aber der Grund, warum ich gekommen bin, ist folgender.", sagte Rosa. Sie erklärte Josefine, dass in acht Wochen wieder ein Rennen auf dem Großen Wannsee stattfindet und ob ihre Cousine denn Lust hätte, mit ihr daran teilzunehmen. „Da fragst Du noch, Rosa, natürlich habe ich Lust.", lachte Fine. „Ich muss nur bis dahin mein Boot wieder flott bekommen, da stimmte schon beim letzten Rennen etwas mit dem Vergaser nicht.", meinte Josefine.

Rosa meinte, dass es doch für Fine kein Thema sei, diesen Schaden zu beheben. Freudestrahlend verabschiedeten sich die beiden Frauen und blieben bis dahin telefonisch in Kontakt. Fine dachte: „Komisch, ich verstehe nicht, warum ich nicht viel eher mit Rosa zusammengekommen bin."

Das Telefon klingelte in der Nähstube. Frank Schulte war am Apparat. Es wollte Klara sprechen. Aufgeregt und verliebt ging sie ans Telefon. „Hoffentlich merkt man mir nichts an.", dachte sie. Frank fragte sie, ob sie Lust hätte, mit dem kleinen Danny auf einen Sparziergang im Grunewald mit anschließendem Eis essen. Klara zögerte noch etwas, stimmte dann aber zu und der Kleine freute sich riesig.

Der Termin für das Rennen rückte immer näher und Josefine musste noch viel an ihrem Rennboot in Ordnung bringen. Sie besaß in Berlin ein altes Herrenhaus, welches sie von ihrem Vater geerbt hatte. Dem angeschlossen waren mehrere Stallungen. Früher züchteten ihre Eltern einmal Pferde. Heute hatte Josefine diese Ställe umfunktioniert und reparierte ihr Boot und soweit sie es konnte auch ihren Privatwagen.

Der Vergaser ihres Bootes war völlig verschmutzt. Mühevoll reinigte sie ihn in einem Ultraschallbad mit entsprechenden Lösungsmitteln. Ungefährlich war die Angelegenheit für eine Frau nicht gerade. Man sah es Josefine nicht an, aber sie war zäh wie Leder. Es war nicht das erste Mal, dass der Vergaser Probleme machte und sie hoffte mit der Reinigung, dass Problem gelöst zu haben. Josefine war so dreckig, man hätte sie fast nicht wiedererkannt.

„Hallo, Fine!", rief eine freundliche Stimme hinter ihr. „Ach, Klara, wo kommst Du denn her?", antwortete Josefine überrascht. „Frank und Danny sind auch hier, sie sitzen im Auto.", sagte Klara fröhlich. „Ich wollte nur Bescheid sagen, dass wir mit dem Kleinen zum Grunewald fahren.", sagte Klara. „Ich hoffe, Du bist damit einverstanden.", lachte Klara.

Natürlich war Josefine damit einverstanden. Eigentlich konnte sie nur froh sein, dass ihr Kind auch zu Klara einen guten Kontakt aufgebaut hatte. Klara konnte die kleine Nähstube ruhig für ein paar Stunden verlassen, denn sie hatte gute Vorarbeit geleistet. Außerdem hatte sie verständnisvolle Kolleginnen. Obwohl Josefine da sehr streng war, denn der Laden musste laufen. Ausfälle konnte sie sich nicht erlauben. Dabei dachte sie ausschließlich an die Mädchen, die hart arbeiteten in der Nähstube.

„Alles klar, Klara, ich wünsche Euch noch einen schönen Tag, haut schon ab.", lachte sie. Kurz darauf fuhr Josefine in den Laden zurück. Der Vergaser war gereinigt und sie konnte das bevorstehende Rennen kaum erwarten. Klara, Frank und Danny hatten einen wunderbaren Tag. Sie gingen anschließend noch zum Eis essen. Dabei unterhielten sie sich über ihre Zukunft. „Weißt Du, Klara, ich muss Dir gestehen, dass ich mich in Dich verliebt habe.", sagte Frank mit einem hochroten Kopf.

„Ich finde Dich ja sehr sympathisch, aber der Funke ist leider bei mir noch nicht übergesprungen.", antwortete Klara. „Ich werde auf Dich warten.", sagte Frank etwas niedergeschlagen. „Klara, willst Du Frank heiraten?", quietschte Danny fröhlich. Sie mussten beide lachen und schauten sich dabei tief in die Augen. Klara wollte es noch nicht zugeben, aber sie musste sich jetzt doch eingestehen, dass auch sie Gefühle für Frank hatte.

Frank Schulte ließ nicht locker. Mindestens einmal in pro Tag, bevor er mit seinem klapprigen Renault 4 in die

Spedition fuhr, kam er in die kleine Nähstube und wollte Klara sehen. Einmal kaufte er nur ein paar Maschinennadeln oder Garn, nur um mit der jungen Frau ins Gespräch zu kommen. Irgendwie tat Frank Klara Leid. Diese Ausdauer und Geduld imponierte ihr. Zudem empfand sie sein Äußeres als sehr attraktiv. „Komisch, dass mir das vorher nicht aufgefallen ist. Oder kommt es nur daher, dass ich so verliebt bin?", überlegte sie. „Frank, hast Du Lust mit mir heute Abend essen zu gehen?", fragte sie den verdutzten jungen Mann, der sehr überrascht von ihrer Direktheit war.

„Aber ja, da fragst Du noch Klara.", sagte er. Frank holte sie am Abend ab. Klara hatte eine kleine Zweizimmer Hinterhof Wohnung in einem Haus, welches tatsächlich noch zwischen dem 18 und 19. Jahrhundert erbaut wurde. Durch eine gründliche Außensanierung sah es aus wie neu gebaut. Klara hatte ihr schönstes Kleid angezogen. Ganz in schwarz, nur mit einer weißen Ansteck-Rose.

Klara war eine adrette junge Frau. Keine Schönheit, aber sie hatte etwas Anziehendes in ihrer Ausstrahlung. Frank war begeistert als er sie sah, denn ihre Figur war einfach toll.

Josefine fieberte dem Rennen ungeduldig entgegen. Rosa nervte sie auch fast jeden Tag mit Anrufen. „Fine, bitte schau an Deinem Rennboot alles richtig nach, damit nichts passieren kann, ein wenig Angst habe ich schon.", sagte Rosa. „Aber Cousinchen, denke so etwas gar nicht erst." Tatsächlich hatte Josefine alles gründlich nachgesehen und fertig gemacht. So glaubte sie, ein sicheres Rennboot für die kommende Regatta zu haben.

Das Berlin in den siebziger Jahren im 20. Jahrhundert war nicht mehr vergleichbar mit dem Berlin im 19. Jahrhundert, als Konstanze noch lebte.
Der Straßenverkehr hatte erheblich zugenommen.
Die Mode ist bunt und natürlich können bei den Damen die Röcke nicht kurz genug sein. Die Beatles und andere Gruppen machten die Radiosender unsicher und die Jugend verrückt.

Tragbare Radios, Kassettenrecorder und sogar Plattenspieler mit Batteriebetrieb wurden überall mit hingenommen. Nur in der kleinen Nähstube von Josefine, schien die Zeit stehengeblieben zu sein. Der nostalgisch eingerichtete Laden, erinnerte immer wieder daran, als Konstanze, Josefines Großmutter, in Berlin eine Persönlichkeit war. Fine, so nannte man die junge Frau oft, hatte ihre Großmutter vergöttert.

Sie tat alles um die Erinnerung an sie aufrecht zu erhalten. "Guten Tag, die Damen.", ertönte eine freundliche Stimme. Eine ältere Dame, die gerade den Laden betrat, fragte nach, ob ihr neues Kostüm schon fertig sei. "Ja, Frau Breilmann, es ist gerade fertig geworden.", antwortete Klara von hinten aus dem Arbeitsraum. Die ältere Dame probierte es an und musste zu ihrem Entsetzen feststellen, dass sie wieder zugenommen hatte. Doch dies war kein Grund für das Team alles fallen zu lassen. Im Gegenteil, auch in solchen Situationen mussten sie die Ruhe bewahren und mit Freundlichkeit die Situation entschärfen.

Am Tage des Rennens holte Rosa Josefine ab. Die Boote standen schon alle am Wannsee. Beide Frauen waren ausgelassen und freuten sich auf die Regatta. Im Cabrio von Rosa sangen sie zu der neuesten Musik und alberten herum. Es war alles voller Leute, die um den See verteilt saßen und gespannt auf den Start warteten. Die Rennboote wurden noch mal gründlich auf Fehler untersucht.

„Mensch Rosa, ich bin so aufgeregt.", sagte Fine. „Wenn ich das Rennen wenigstens halbwegs gut überstanden habe, werde ich morgen mein Testament ändern und Klara mit dem Jungen als alleinige Erben meines Vermögens einsetzen.", meinte Josefine. „Anschließend gibt es ein schönes Essen für meine Angestellten und für Dich Rosa.", lachte die junge Frau.

Der Start rückte immer näher. Die Fahne wurde hochgehalten. Und los! Die bunte Flagge ging nach unten. Schneller und immer schneller flitzten die Boote, nein sie schwebten über dem Wasser. Sie berührten kaum die Oberfläche.

Josefine bekam plötzlich richtig Angst, denn sie konnte das Tempo des Bootes nicht mehr regeln. Sie hatte es nicht mehr unter Kontrolle. Panisch hielt sie sich am Ruder fest. In dieser ausweglosen Situation glaubte sie immer noch, dass sich alles zum Guten wendet, doch Josefine irrte sich. ... ...

Frank Schulte und Klara Lindemann trafen sich immer öfter und jedes Mal war der kleine Danny dabei. Aber die beiden hatten trotzdem immer riesigen Spaß zusammen. Den Kleinen hatten sie längst in ihre Herzen geschlossen. Klara hatte schon seit einigen Stunden ein unangenehmes Gefühl in der Magengegend. Dies bekam sie immer, wenn ein negatives Ereignis bevorstand.

Das Boot geriet währenddessen völlig außer Kontrolle. Josefine schaffte es nicht mehr. Alles ging furchtbar schnell. Kaum jemand hatte mit dem gerechnet, was nun geschah. Rosa fuhr mit ihrem Boot in einem sicheren Abstand zu Josefine. Gegen ihren Willen musste sie mit ansehen, wie Fine verunglückte. Der Außenborder überschlug sich plötzlich in unglaublicher Geschwindigkeit mehrmals hintereinander.
Der Motor fing Feuer und eine riesige Explosion schleuderte Josefine aus dem Boot oder aus dem, was noch von ihm übrig blieb.

In Windeseile war die Rettungsmannschaft an Ort und Stelle. Sie holten Josefine aus dem Wasser.
Mit schwersten Verbrennungen und Knochenbrüchen wurde sie ins nahegelegene Krankenhaus geflogen.
Die Bootsregatta musste abgebrochen werden.

Rosa fuhr so schnell wie möglich ins Krankenhaus. Sie informierte alle Mädchen und vor allem Klara. Sie war wie eine Schwester für Josefine. Auch Danny hatte viel Liebe und Zuneigung für Klara entwickelt. Das Telefon klingelte. Klara war gerade dabei, für Danny Essen vorzubereiten. Immer wenn Fine unterwegs war, erklärte sie sich bereit, auf das Kind aufzupassen. „Klara, hier ist Rosa.", rief eine aufgeregte Stimme durch das Telefon. „Ja, was ist denn, sag' schon Rosa.", antwortete Klara. „Ich weiß nicht, wie ich es Dir sagen soll, Klara.", erwiderte Rosa. Rosa versuchte Klara begreiflich zu machen, dass Josefine schwer verunglückt ist. Sie erklärte ihr wie es dazu kam und in welchem Krankenhaus sie liegt. „Bitte Klara, kannst Du den anderen Bescheid sagen?", sagte Rosa und weinte heftig.

Danny wurde weiterhin von Klara oder den Mädchen liebevoll betreut. Das Kind wusste von nichts und man wollte ihm auch nichts sagen. Später, wenn er erwachsen ist, wird er vielleicht verstehen wie alles zusammenhängt, dachte sich Klara. Auch Klaras Verlobter Frank Schulte kümmerte sich so oft er konnte um den Jungen, als wenn es sein eigener Sohn wäre. Sie gingen spazieren, fuhren mit der Eisenbahn durch Berlin oder gingen in den Zoo. Auch ihn verband sehr viel mit dem Kleinen.

Von Tag zu Tag ging es Josefine schlechter. Ihre Verbrennungen und Brüche, waren zu schwerwiegend. Die Ärzte konnten ihr leider nicht mehr helfen. Man rechnete täglich mit dem Tod. Der zuständige Stationsarzt konnte nicht fassen, dass eine so junge Frau schon sterben musste. „Nun, sie war sich wohl nicht über die Gefahren im Klaren, die dieser Sport mit sich bringt.", dachte Dr. Wasner. Noch bevor Klara ihre Freundin im Krankenhaus besuchen konnte, verstarb Josefine an ihren schlimmen Verletzungen. Gut, dass sich die beiden schon vor ein paar Wochen ausgesprochen hatten. Es wurde besprochen, was geschehen sollte, wenn Josefine frühzeitig sterben sollte. Der grausame Tod von Fine, machte alle sehr nachdenklich.

Die kleine Nähstube musste weiterhin tolle Mode kreieren und Modelle nähen. Kurz gesagt, das Leben musste einfach weitergehen, so oder so. Danny durfte nichts merken von all den Sorgen. Er war ein neugieriger und wissbegieriger Junge, der sein kleines Köpfchen mit schönen Dingen voll hatte. Klara und ihr Verlobter mussten nun sehr schnell handeln. Da sie in den nächsten Wochen sowieso heiraten wollten, überlegten sie nicht lange und bestellten das Aufgebot. Dank der Hilfe von Rosa, konnte eine Adoption beschleunigt werden. Rosa hatte eine Freundin im Jugendamt, die den Fall bearbeitete. Das Amt stellte fest, dass nicht nur Klara, sondern auch Frank und all die anderen das Kind auffingen.

Die standesamtliche Trauung fand schnell statt. Danny streute Blumen und war guter Dinge.

Klara übernahm kurze Zeit später die Nähstube und die Angestellten. Josefine hatte Klara ihr gesamtes Vermögen vererbt.

Das schöne alte Herrenhaus von Josefine war riesig. Die junge Frau, Frank und der kleine Danny waren nun eine Familie. Sie zogen in das Herrenhaus, es wurden auch wieder Pferde angeschafft und Danny lernte schnell reiten. Er war ein guter Schüler und ein rundherum glückliches Kind. Noch wusste er nichts von dem Schicksal seiner richtigen Mama und von seiner Adoptivmutter. Irgendwann würde Klara ihm alles sagen, aber jetzt sollte er erst einmal seine Kindheit genießen.

Danny bekam noch ein Schwesterchen. Sie nannten das Mädchen, sie hatte lange schwarze Haare, Konstanze.

Kommen wir nun zurück zu Emma. Nachdem sie im Jahr 1886 Berlin verließ, reiste sie nach Hamburg. Von Hamburg aus sollte es mit dem Schnelldampfer LAHN nach New York gehen.

Ein Jahr musste Emma allerdings noch warten, bis der Schnelldampfer einsatzbereit war. Kabinen der dritten Klasse der Lahn zeigten zwar, wie sich die Unterbringung, sowie die Hygiene- und Ernährungsbedingungen, zwischen Mitte des 19. und Anfang des 20. Jahrhunderts verbessert haben, doch wer schließlich die Neue Welt erreichen wollte, war noch nicht wirklich angekommen. Der Dritte-Klasse-Passagier mussten erst einmal in Ellis Island aufwendige und zum Teil entwürdigende Formalitäten über sich ergehen lassen. Das schloss intensive medizinische Untersuchungen mit ein und gipfelte in einer peinlich genauen Befragung durch einen Einwanderungsbeamten. Richtig froh war Emma dann, dass sie sich die erste Klasse leisten konnte. Konstanze und Emanuel gaben ihr ein gutes Startkapital mit auf die Reise.

Das Jahr verbrachte Emma damit, bei einer Schneiderei erste Erfahrungen zu sammeln, wie Jeans hergestellt wurden. Aus Genua kamen in Hamburg große Ladungen an Hosen an, die nach Amerika verschifft wurden. Viele Hosen hatten Fehler, andere wiederum sollten passend verändert werden. Das waren Jeans der bessergestellten New Yorker. Emma erarbeitete sich so ein gutes Grundwissen. Ihre Freizeit verbrachte sie mit Johann, den sie in Hamburg kennenlernte. Aber an mehr als eine Freundschaft dachte Emma nie.

Die Überfahrt nach New York dauerte 8 Tage. Hin und wieder hatte der Schnelldampfer Druckprobleme.
In New York angekommen, quartierten sich Emma und Johann in einer Pension ein. Es war so ganz anders als in Deutschland. Seit 1825 ist die Stadt, durch die Lage am Atlantischen Ozean und den Wasserwegen des Hudson River ins Inland, der Anlaufpunkt für Einwanderer aus der ganzen Welt. Hier musste auch Emmas Vater Robert angekommen sein, um dann in den Wilden Westen zu reisen. Obwohl die Einwohnerzahle zu dem Zeitpunkt von Berlin und New York fast gleich waren, etwa 2 Millionen, empfand Emma New York doch als sehr hektisch. Viel gesitteter ging es da doch in ihrer Heimatstadt Berlin zu.

An einem herrlichen Sonnentag besuchten Emma und Johann die Freiheitsstatue. Sie steht auf Liberty Island im New Yorker Hafen, wurde am 28. Oktober 1886 eingeweiht und ist ein Geschenk des französischen Volkes an die Vereinigten Staaten. Die Statue stellt die in Roben gehüllte Figur der Libertas, der römischen Göttin der Freiheit, dar. Die auf einem massiven Sockel stehende Figur aus einer Kupferhülle auf einem Stahlgerüst reckt mit der rechten Hand eine vergoldete Fackel hoch und hält in der linken Hand eine Tabula ansata, also eine Inschriftentafel, mit dem Datum der amerikanischen Unabhängigkeitserklärung. Zu ihren Füßen liegt eine zerbrochene Kette. Die Statue gilt als Symbol der Freiheit und ist eines der bekanntesten Symbole der Vereinigten Staaten. Mit einer Figurhöhe von 46,05 Metern und einer Gesamthöhe von 92,99 Metern gehörte sie seinerzeit zu den höchsten Statuen der Welt.

Es kam die Zeit des Abschieds von New York.
Den Termin legte Trapper Big Ben fest. Er führte etwa 25 Auswanderer an, um sie so sicher wie möglich von New York über Louisville und Oklahoma City nach Albuquerque zu führen. Mit den Planwagen dauerte die Strecke von 3500 km über zwei Monate. Mit Indianern hatten sie es weniger zu tun,

mehr mit Radreparaturen und Krankheiten. Zwei Auswanderer starben leider, trotz Warnungen von Big Ben entfernten sie sich vom Treck und wurden von

Schlangen gebissen. Emma und Johann kamen gesund in Albuquerque an. Außerdem lernten beide viel von dem erfahrenen Trapper.

Von nun an trennten sich die Wege von Emma und Johann. Johann möchte in Nord-westliche Richtung weiterziehen, nach Vancouver. Emma hatte einen letzten Brief von ihrem Vater aus Santa Fe erhalten, indem er schrieb, dass er nach großartigen Goldfunden nun in südlicher Richtung unterwegs sei.

Aus Freundschaft und Beschützerinstinkt nahm Johann den Umweg von 129 Kilometern gern in Kauf und begleitete Emma nach Santa Fe. Santa Fe war eine wichtige Handelsroute mit dem Osten Amerikas. Nun sollte auch in westlicher Richtung eine Eisenbahnstrecke gebaut werden. Grundstücke waren sehr begehrt. Im Hotel lernte Emma Herrn Wyatt Earp kennen. Dies schrieb Emma ihrer Tante Konstanze noch. Nun wusste Johann, dass Emma bei Herrn Earp in guten Händen war und schloss sich einem Treck nach Vancouver an.

Mit Herrn Earp besprach Emma ihren Plan, ihren Vater finden zu wollen und eine Schneiderei zu eröffnen. „Nun, Miss Emma, die Goldfunde haben in San Francisco nachgelassen. Wenn Ihnen Ihr Vater schreibt, dass es ihn in den Süden zieht, dann könnte es sich um San Diego handeln. Ich komme aus San Diego, bin seit 1886 dort beheimatet." Beindruckt schaute Emma immer auf den recht tief sitzenden Revolver von Herrn Earp. „Aber ich habe noch gute Kontakte nach San Francisco zu meinen Brüdern Virgil und Warren Earp. Sie könnten bei den Mienenbetreibern nachfragen, ob…" Emma unterbrach Herrn Earp: „Sind sie es wirklich? Sind Sie Wyatt Earp, der berühmte Revolverheld? Das darf doch nicht wahr sein? Ich weiß alles über Sie. Zumindest das, was in der Berliner Morgenzeitung über Sie berichtet wurde. Wyatt Berry Stapp Earp geboren am 19. März 1848 in

Monmouth, Illinois. Berühmt ist Ihre Schießerei am O. K. Corral zusammen mit Doc Holliday und Ihren beiden Brüdern Virgil und Morgan Earp. Ich fasse es ja nicht, ich spreche mit Wyatt Earp!"

Erstaunt davon, dass er in good old Germany einen Bekanntheitsgrad erreicht haben sollte, sagte er:

„Miss Emma, das stimmt, ich bin es wirklich. Ob ich nun wirklich ein Revolverheld bin, müssen andere entscheiden. Ich bezeichne mich als Revolverschützen." „Was ist da der Unterschied, man erschießt doch Menschen?", wollte Emma wissen. „Nun, Miss Emma, der Revolverheld tötet oft aus Habgier. Ich war Gesetzeshüter, Farmer, Transporteur, Büffeljäger, aber auch Saloonbesitzer. Ich habe mich oft wehren müssen, als Marshal musste ich Verhaftungen vornehmen. Ganz ehrlich, ich habe nie zuerst den Colt gezogen und geschossen. Es gab immer Gründe. Ich war ganz einfach schneller und konnte gut zielen. Also Revolverschütze wäre wohl besser angebracht." Dem konnte Emma nichts entgegenargumentieren. Im Gegenteil, nun war sie noch mehr von Wyatt Earp begeistert.

„Mein Vorschlag ist, Miss Emma, dass ich meine Geschäfte hier erledige und Sie mich dann nach San Diego begleiten. Dort verpachte ich Ihnen gern einen meiner Geschäftsräume für Ihr Schneidereigeschäft.", schlug Wyatt Earp vor. Emma willigte sehr erfreut ein.

Wyatt Earp zog 1886 mit seiner Frau Josephine nach San Diego. Beide waren sehr geschäftstüchtig. Den Earps gehörten mehrere Geschäftslokale. Auch spekulierte Earp gern mit Grundstücken. Zwar wurde Earp bekannt, auch in Berlin, durch seinen schnellen Colt, aber er war vielseitig interessiert und arbeitete professionell in allen Berufen. In Santa Fe interessierte er sich für zwei Ladenlokale. Schon lange beobachtete Earp die wirtschaftliche Lage in Santa Fe. Gerade der Santa Fe Trail ist eine historische Handelsroute in den Vereinigten Staaten. Earp traf sich mit den Verkäufern der Ladenlokale, sie wurden sich einig.

Nun organisierte er die Rückfahrt mit der Eisenbahn nach San Diego. In der Zwischenzeit arbeitete Emma wieder in einer Schneiderei. Hier lernte sie den Umgang mit Nieten. Die Idee, die Nähte von Hosen mit Nieten zu verstärken, hatte der Schneider Jacob Davis. Da er nicht das Geld hatte, um ein Patent anzumelden, wandte er sich an Levi Strauss. 1872 wurden zum ersten Mal die Ecken der Hosentaschen mit Nieten verstärkt. Patentiert wurde die Hose am 20. Mai 1873. Inhaber des Patents waren Strauss und Davis gemeinsam. Später wurde das braune Segeltuch durch den mit Indigo gefärbten blauen Baumwollstoff Denim abgelöst und die Jeans mit orangefarbenen Nähten und Nieten verstärkt und verziert. Schon früh wurde von der ursprünglichen Leinenwandbindung auf die stabilere Köperbindung gewechselt, was als Standard für die meisten Denimstoffe zum Einsatz kommt. Emma war nun gut gerüstet für einen Start in die Selbstständigkeit. Und da war ja auch noch die Suche nach ihrem Vater Robert.

An einem Mittwoch stiegen Wyatt Earp und Emma in den Zug nach San Diego. „Für die 1400 Kilometer werden wir wohl 2 bis 3 Tage brauchen. Irgendwo vor Phoenix sollen Schienen beschädigt worden sein. Wir werden uns noch um die Verpflegung kümmern müssen.", sagte Earp. „Das habe ich schon. Ich hoffe Sie mögen die Berliner Küche. Vor allem habe ich jede Menge Buletten gebraten." „Buletten? Das hört sich spannend an. Wachsen die in good old Germany?"
Beide lachten… der Zug fuhr los.

Die Reise verlief gut und friedlich. Bis kurz vor New River, der Ort wurde 1868 durch Darrell Duppa als Kutschenstation gegründet, der Zug plötzlich stoppte. „Hier hält der Zug nie, Miss Emma. Ich gebe Ihnen diesen kleinen Deringer zur Selbstverteidigung. Hier am Hahn ziehen, zielen und abdrücken. Man kann nie wissen.", flüsterte Earp. „Der ist ja niedlich.", so Emma.

„Ja, aber höchst gefährlich. Mit einem solchen Deringer erschoss John Wilkes Booth am 14. April 1865 den US-amerikanischen Präsidenten Abraham Lincoln. Ich war damals Postkutschenfahrer und kam in Kontakt mit Alkohol. Mir ist danach so übel gewesen, dass ich nie mehr einen Tropfen trank. Wäre ich Marshal gewesen, könnte Lincoln vielleicht noch leben."

Plötzlich stürmten vier maskierte Männer mit gezogenem Colt den Waggon. „Hands up!", brüllte einer von ihnen. Der andere: „Ich sammele nun alle Wertgegenstände und Waffen ein. Bleibt ruhig, sonst gibt es Tote!"

Eine Frau im vorderen Abteil schrie panisch... ein Schuss fiel...

„Bleib ruhig, Emma", flüsterte Earp. Da die Gangster ihre Waffen gezogen haben und geladen in der Hand hielten, gab es für Wyatt Earp keine Möglichkeit sich ordnungsgemäß vorzustellen. Er beobachtete die Situation und wartete ab.

Die Banditen kamen näher, standen im Mittelgang, zielten auf die Passagiere und sammelten mit der anderen Hand die Wertsachen ein. Die Wertsachen und Waffen steckten sie in an sich umhängende Postsäcke. Die Säcke füllten sich. Das könnte eine Chance sein, denn die Säcke

könnten beim Schießen auf Earp hinderlich sein...
Earp wartete ab. Emma saß auf dem Fensterplatz.

Die Banditen kamen langsam näher. Noch 8 Meter... noch
7 Meter... 5 Meter... sie waren nah genug...
Wyatt Earp sprang auf, zog seinen Revolver, spannte ihn
mit dem Daumen dabei und schoss das ganze Magazin
leer. Die Banditen fielen zu Boden.
Earp ging zum nächsten Waggon, um zu sehen, was noch
alles im Argen lag. Einer der Banditen richtete sich auf
und zielte auf Earp, er spannte den Hahn. Er würde
Earp in den Rücken schießen.
Geistesgegenwärtig zielte Emma mit der Deringer auf den
Schurken und drückte ab. Der sackte leblos zusammen.
Earp drehte sich um, sah die Situation und zeigte Emma
das Victory-Zeichen. Earp lud seinen Revolver und ging
durch jeden Waggon. Ausgeraubte und verletzte Reisende
fand er vor. An der Lokomotive angekommen zog er
seinen Revolver und schlich sich an. Emma folgte ihm.
Der Lokomotivführer wurde erschossen. „Was machen
wir nun?", fragte Emma. „Nun, wir fahren weiter.",
sagte Earp. „Und wie?" „Ich habe in so vielen Berufen
gearbeitet, ich war sogar Lokomotivheizer in ganz
jungen Jahren." „Ich bewundere Sie, Wyatt Earp, mein
Revolverschütze."
„Wenn ich mich noch recht erinnere, dann besteht eine
Dampflokomotive immer aus einem Wagen mit einer
Dampfmaschine. Im Brennraum wird Kohle verbrannt,
diese heizt das Wasser im Kessel auf und dadurch

entsteht Dampf. Der Wasserdampf wird zum Zylinder geleitet, wo er auf einen Kolben drückt und ihn bewegt. Dadurch wird die Dampflokomotive in Bewegung gesetzt. Das funktioniert im Wilden Westen genauso wie in Berlin." Beide lachten nun wieder. Wyatt schaufelte Kohlen in den Brennraum, dann stellte er den Hebel auf Vortrieb... die Eisenbahn bewegte sich und gewann schnell an Fahrt. ... ...

Während der Fahrt hatten sich Earp und Emma viel zu erzählen. Earp erzählte aus seiner Zeit als Marshal und Emma erzählte aus dem alten Berlin, von ihrer Tante Konstanze, den herrlichen Kleidern und den ersten aufkommenden Automobilen. „Automobil, was bedeutet das?", fragte Earp. „Das ist eine Kutsche ohne Pferd, ein Selbstläufer sozusagen, das nennt man Automobil. Durch Berlin fuhr schon eines, es war ein Benz, ein sogenannter Benz Patent-Motorwagens, Typ 1."
Und die Zeit verflog während der Fahrt.

San Diego wurde erreicht. Der Bahnhofvorsteher wunderte sich, dass der berühmte Wyatt Earp den Zug steuerte.
Nachdem der Sheriff von San Diego in die Erlebnisse eingeweiht wurde, machte Earp seine Frau und Emma miteinander bekannt. „Josephine, darf ich Dir Miss Emma vorstellen. Sie hat mir tatsächlich das Leben gerettet."

Auf dem Weg zum Haus der Earps wurden sie von Bürgermeister Joshua Bean begrüßt: „Ich danke Ihnen, Mister Earp, für Ihren Einsatz und für die Rettung der vielen Menschen im Zug. Wenn ich einen Orden hätte... ... ...“

„Ja, ja“, dachte Earp, „das übliche Geschwafel eines Politikers.“

„... und weiterhin wird sich die Eisenbahngesellschaft erkenntlich zeigen.“, kam der Bürgermeister zum Schluss. „Nun, Mister Bean, darf ich Ihnen Miss Emma aus Germany vorstellen. Sie hat mit mir tapfer gegen die Bande gekämpft. Miss Emma wird neben dem Friseur meine Räumlichkeiten anmieten und eine Schneiderei eröffnen. Sie ist spezialisiert auf Arbeitskleidung und Luxuskleidung für unsere höher gestellte Gesellschaft.“

„Hört, hört... genau das haben wir in San Diego gebraucht. Ich darf Sie herzlich willkommen heißen, Miss Emma. Haben Sie auch einen Nachnamen?“, fragte der Bürgermeister. Emma überlegte und wie aus der Pistole geschossen, sagte sie dann: „Von Beck, Emma von Beck.“ Natürlich war das nicht ganz die Wahrheit. Von Beck hieß ja nun ihre Tante Konstanze nach der Heirat mit Emanuel Freiherr von Beck, aber der Name Kaminsky, ein typischer Name aus Berlin, war nun wirklich nicht gerade ein Genuss für die Ohren im Wilden Westen.

In den folgenden Tagen und Wochen richtete sich Emma ihre Schneiderei ein. Auch kamen die ersten Kundenaufträge. Sie änderte zu große Hosen, Jacken,

Westen und reparierte auch viel Kleidung. Sogar für die sogenannte feine Gesellschaft nähte sie herrliche Kleider.

Eines Tages kam Wyatt Earp in die Schneiderei. Ein Glöckchen bimmelte, genauso wie zu Zeiten von Tante Konstanze. „Miss Emma, ich möchte ankündigen, dass ich mit meiner Frau wieder nach San Francisco ziehen möchte. Die Familie meiner Frau ist dort beheimatet und ich kann mich mehr um meine Pferdezucht in Santa Rosa kümmern. Außerdem werde ich intensiv nach Ihrem Vater suchen. Die Goldminengesellschaft wird Buch darüber führen. Bevor wir den Umzug durchführen, möchte ich, dass Sie lernen, wie man mit dem Revolver umgeht."

Nicht weit von San Diego, so etwa zwischen Tijuana und San Diego, besaß Earp ein Stück Land. Tijuana wurde gerade gegründet und das Stück Land brachte viel Bares in Earps Kasse. Hier trafen sich Emma und Earp zum Probeschießen. Emma sorgte mit den Berliner Buletten für Nahrhaftes, Josie, wie Wyatt seine Frau nannte, brachte Wein mit, Wyatt war für die Waffen verantwortlich.

„Der Colt sitzt so tief am Bein, dass man bei lockerer Armhaltung schnell den Griff der Waffe erreicht. Bei einem Duell oder einer Verteidigung greift der Zeigefinger sofort zum Abzug... die Hand umschließt den Griff... der Colt wird aus dem Halfter gezogen... zeitgleich spannt der Daumen den Hahn... das geschieht alles ohne darauf zu schauen, denn man schaut dem Gegenüber in die Augen. Die Augen verraten, wann er seine Waffe zieht. Zieht er seine Waffe, ziehen Sie ebenfalls. Dort wo Sie hinsehen, werden Sie auch schießen. Es gibt immer einen Schnelleren. Viele ziehen langsamer, sind aber bessere Schützen." Emma übte und übte. Zum Abschied schenkten die Earps Emma den Colt, den einmal Wyatts Bruder trug. „Sie können wirklich gut schießen, Miss Emma. Ich hoffe, dass Sie nie schießen müssen. Wir bleiben auf jeden

Fall in Kontakt. Ich melde mich sofort, wenn ich von Ihrem Vater höre." Alle weinten beim Abschied, auch der sonst so knallharte Wyatt Earp.

Die Zeit verging. 1869 gab es ja die ersten Goldfunde in San Diego. Emma vermutete, dass ihr Vater ganz in der Nähe zu finden sei. So stand es auf jeden Fall in seinem letzten Brief. 1885 wurde San Diego an das Eisenbahnnetz angeschlossen. Ende 1889 stellten viele Goldmienen die Schürfung wieder ein. Drastisch fiel die Bevölkerungszahl von 40000 Einwohnern auf unter

16000. Für Emma gab es immer genug zu tun, aber die Stadt veränderte sich. Leider nicht zum Guten.

Die Zeit des Wilden Westen ging nun langsam vorbei. Indianerkriege gab es nicht mehr. Aber Ganoven gab es schon immer und wird es wohl auch immer geben.

Eines Tages, noch vor 1900, ritten Männer in die Stadt. Ausgerechnet in den Stadtteil, wo Emma ihre Schneiderei hatte. Schräg gegenüber eröffneten ein Saloon und ein Glücksspielhaus. Bei den Männern handelte es sich um Jack Miller und seine Gang. Der Sheriff, in die Jahre gekommen, konnte wenig ausrichten. „Wir haben in San Diego eine Waffenfreie Zone. Darf ich um Ihre Waffen bitten, meine Herren.", sagte der Sheriff beim Betreten des Saloons. Noch bevor er richtig aussprechen konnte, wurde er von hinten erschossen. Es war ein brutaler Mord. Der Telegrafist musste alles mit ansehen, genauso Emma. Schnell lief Harry, der Mann vom Telegrafenamt, zu seinem Büro, um dem Marshall zu telegrafieren. Einer von Millers Männern nahm das Gewehr aus dem Sattelhalfter... legte an und schoss Harry in den Rücken. Der nächste Mord, brutal, so wie die Bande bekannt war. Emma lief in ihre Schneiderei zurück. „Hey, was ist denn da für ein Täubchen. Jungs, kommt mal mit." Jack Miller und fünf seiner Ganoven schlugen die Tür zur Schneiderei ein. Sie packten Emma... zerrissen ihr die Bluse... rissen ihren Rock vom Körper und vergewaltigten sie. Einer nach dem anderen verging sich an Emma. Dann ließen sie Emma neben der Nähmaschine liegen.

Jakob, Schmied in San Diego, sah die Vergewaltigung. Schnell lief er zu Emma. „Wenn ich doch nur jünger wäre, dann würde ich es den Schurken zeigen. Emma, sie haben das Telegrafenamt verwüstet. Wir können noch nicht einmal Wyatt Earp verständigen. Aber Hauptsache Du lebst.“

Vier Tage später, Emma wurde wieder vergewaltigt... weitere drei Tage später schon wieder. Auch Emmas Schießkünste würden nichts helfen, nicht gegen diese Übermacht. Da braucht es schon einen Wyatt Earp zu.

Emma schwor nach Rache. Sie schlich zum Schmied: „Jakob, hilf mir. Bitte baue den Colt von Wyatt Earps Bruder folgendermaßen um. ... ...“

Nach drei Tagen brachte Jakob Emma den Umbau. Am nächsten Tag hatte die Bande es einmal wieder nötig. Zu viert schlenderten sie über die staubige Straße. Die weiteren fünf Männer standen vor oder im Saloon. „Jungs, Ihr seid nach uns dran. Die Puppe verträgt etwas.“ Sie traten die Tür ein und bauten sich vor der Nähmaschine, hinter der Emma saß, auf.
„Komm her, Süße, jetzt geht's in zwei Etappen zur Sache.“ Emma begann das Nähmaschinenpedal mit den Füßen in Bewegung zu setzen. „Du kannst später weiternähen, wenn wir mit Dir fertig sind.“
Emma griff unter die Nähmaschine... plötzlich schoss

Emma im Sekundentakt auf die Vergewaltiger... einer nach dem anderen Schurken wurden durchlöchert. Schnell liefen die anderen zur Schneiderei. Sie zogen ihre Kanonen, wussten aber überhaupt nicht was Sache war. „Jack, was ist los? Wer schießt hier?" Im Laden angekommen, sahen sie ihre Kumpanen tot auf dem Boden liegen. „Du Schlampe! Jetzt bist Du dran!" Emma trat wieder auf das Nähmaschinenpedal und Kugel für Kugel traf die Männer tödlich. Die Gang war ausgelöscht.

Wie konnte Emma das schaffen? Nach Emmas Vorgaben baute der Schmied eine Schnellschussanlage. Der Colt wurde beweglich unter der Nähmaschine angebracht. Schubstange, Kurbelachse und Riemen tauschte er gegen eine Kette mit Patronen aus. Statt der Trommel im Revolver baute er eine Schiene ein, auf der die Kugeln vor den Lauf geschoben wurden. Trat Emma nun auf das Pedal, wurde Kugel für Kugel vor den Lauf transportiert. Emma musste nur noch den Hahn immer wieder spannen und loslassen. Den Abzug baute der Schmied aus. Insgesamt verschoss Emma 228 Kugeln, davon trafen 96 Kugeln die neun Vergewaltiger.

Tage später traf der Bezirksmarshal in San Diego ein. Er musste Emma verhaften. Emma wurde vom Staatsanwalt in Los Angeles angeklagt, in Selbstjustiz neun Männer getötet zu haben. Der Gerichtstermin stand an. Emma und ihr Anwalt plädierten auf Freispruch. Der Staatsanwalt auf neunfachen Mord. Irgendwie wurde die Wahrheit immer mehr verdreht. Woher hatte der Staatsanwalt solche Informationen?
Emma verzweifelte. Der Staatsanwalt wurde immer gemeiner. Emma schämte sich, Einzelheiten der Vergewaltigung zu erzählen, so wie der Staatsanwalt es forderte. Immer wieder rief Emmas Rechtsanwalt: „Einspruch, Euer Ehren! Einspruch!"

Der Schmied wurde ebenfalls angeklagt. Seine Aussage gestrichen, die Emma entlasten könnte. Was passierte hier? Emma wünschte sich nur noch zurückzureisen nach Berlin, zu Tante Konstanze oder zu Papa Robert...

Plötzlich ging die große, schwere Tür zum Gerichtssaal auf. Die Sonne blendete etwas, so dass man nicht sah, wer hereinkommt. Starke Schritte mit Geräuschen von Sporen waren zu hören. Man ging direkt auf den Richter zu. Der Gerichtsdiener griff zur Waffe.

„Mein Name ist Marshal Wyatt Earp, ich bitte das hohe Gericht um Gehör." „Wer ist da noch bei Ihnen, Marshal?", fragte der Richter. „An meiner Seite ist der ehrenwerte Robert Camsy, er ist ein einflussreicher Ölmagnat hier in Los Angeles. Aber das tut nichts zur Sache, er ist in Sachen Emma Kaminsky, alias Emma von Beck hier."

Emma drehte sich um... „Papa! Papa!", rief sie.

„Bitte Ruhe!", so der Richter. „Haben Sie etwas zur Sache beizutragen, Marshal?"

„Ja, Euer Ehren. Hier habe ich noch Bob Miller als Gefangenen mitgebracht. Er ist der Bruder vom getöteten Jack Miller. Bob Miller setzt Ihren Staatsanwalt unter Druck. Ihr Staatsanwalt hat Spielschulden in Bob Millers Saloon. Ich denke, dass die Anklage fallengelassen werden muss." Ohne zu zögern beendete der Richter die Sitzung. Er glaubte Emma von Anfang an und fand die Fragen des Staatsanwaltes als erniedrigend und peinlich für Emma. Emma fiel überglücklich ihrem Vater in die Arme. Wyatt Earp bekam einen Kuss auf die Wange.

„So, liebe Miss Emma, ich konnte mich revanchieren. Kommen Sie uns doch besuchen, meine Frau wird sich freuen.", sagte Earp. „Revanchieren? Wofür?", fragte Robert. „Ach Papa, das ist eine lange Geschichte.", schmunzelte Emma.

Wyatt Earp ging wieder seiner Wege. Emma und ihr Vater fuhren mit der Kutsche auf die CAMSY RANCH. „Ja, liebe Tochter, das könnte nun Dein zuhause werden.

Nach dem Goldfund investierte ich in Öl. Auf unserer Ranch sind große Ölfelder." „Und wieso nennst Du Dich Robert Camsy?" „Nun, Kaminsky ist nun wirklich kein schön klingender Name hier im Wilden Westen." Beide lachten. Auf der Ranch angekommen, lernte Emma den Vorarbeiter und Mitbesitzer Joe Warren

kennen. Beide verliebten sich ineinander und heirateten. Das Brautkleid schneiderte Emma natürlich selbst. Eine Schneiderei eröffnete Emma nicht mehr. Sie baute ein Team mit Schneiderinnen auf und fertigte Arbeitskleidung für die Cowboys der Ranch und für die Angestellten der Ölbohrtürme an. Später wurde eine spezielle Kleidung für die Arbeiter hergestellt, die mit den Öl-bohrungen zu tun hatten. Diese wurde weltweit später bestellt.

Es wurde die Firma CAMSY SPEZIAL ARBEITSKLEIDUNG gegründet.

Emma und Joe Warren bekamen vier Kinder.
Irgendwann wollen alle noch einmal nach Berlin und die
Schneiderei besuchen. Sehen, wer noch lebt, echte
Berliner Buletten genießen, ganz einfach die alte Heimat
besuchen... aber das ist eine andere Geschichte!

Langsam wurde es also ruhiger im Wilden Westen.
Wyatt Earp zog es irgendwann schließlich nach

Hollywood, wo er bei Filmdreharbeiten die Bekanntschaft einiger berühmter Schauspieler machte. Bei einer dieser Dreharbeiten traf er mit einem Nachwuchsschauspieler zusammen, der einmal unter dem Namen John Wayne bekannt werden würde. Wayne erklärte später, dass er sich sein Westernimage aufgrund dieses Zusammentreffens mit Earp zulegte.

In Berlin sollte ein Opernstar geboren werden – Charlotte Baronin Bergedorf zu Lippstein.

Sprichwörtlich ist das Berliner Tempo. Um 1900 lebten mehr als zwei Millionen Menschen in Berlin und Fahrzeuge aller Art belebten das Straßenbild. Von den Trams, elektrischen Wagen und Droschken, Drei- und Zweirädern sah man viele herumfahren. Ein sehr lautes Getöse, das für den Provinzler kaum auszuhalten war. Die ersten Straßenbahnen fuhren, Geschäfte und Gastwirtschaften schossen wie Pilze aus dem Boden. Heinrich Zilles Milieu lebte. Alle waren glücklich und zufrieden. Zilles Bilder spiegelten das einfache

Hinterhofleben wieder. Der typische Berlinerische Dialekt gehörte natürlich dazu. In dieser Zeit stand Berlin in voller Blüte. Die Industrie wuchs enorm. Es gab kaum Arbeitslosigkeit und ein pralles Nahrungsangebot war vorhanden. Die Einwohnerzahl stieg, da hier immer mehr Menschen aus dem Ausland leben wollten. Konstanzes Schneiderei am Potsdamer Platz florierte und klein Erna sah immer gern dem Leierkastenspieler zu, der in den Hinterhöfen für einen Groschen spielte. Dabei rutschten ihr die Strümpfe herunter und verträumt lutschte sie an ihrem Daumen. Im Theater am Kurfürstendamm sang Charlotte vor. Sie war gerade mit dem Gesangstudium fertig und hatte eine herrliche Sopranstimme. Charlotte war zwanzig Jahre jung, sah blendend aus und strahlte sehr viel Lebensfreude aus. Keiner wusste von ihrem Geburtsfehler. Geschickt konnte das Mädchen sein Problem verbergen. Mit langen Kleidern ging es gut, die Aufmerksamkeit auf andere Dinge zu lenken. Sie war sehr schön, hatte eine prächtige Stimme und eine gewaltige Ausstrahlung. Charlotte bekam ohne Umschweife die Anstellung. Talentiert, wie sie war, bekam sie bald schon einige Angebote aus dem Ausland. Doch die junge Frau wollte nicht aus ihrer Heimatstadt heraus. Sie war aus gutem Hause. Ihre Eltern – Baron und Baronin Bergedorf zu Lippstein – bewohnten ein großes Herrenhaus in Charlottenburg.
Charlotte hatte dort eine ganze Etage für sich, mit herrlich eingerichteten Zimmern. Nein, warum sollte sie

jemals auszuziehen? Das Theater am Kurfürstendamm war ständig ausverkauft, denn alle lagen der jungen Sopranistin zu Füßen. Charlotte sonnte sich in ihrem Ruhm und ihre Eltern waren stolz auf sie. Einige Jahre vergingen. Die Entwicklung Berlins ging rasant weiter. Charlotte war mittlerweile eine gefragte Künstlerin und das Theater platzte jedes Mal aus allen Nähten, wenn sie auftrat. Doch eines Tages wurden ihre Eltern krank. Erst der Vater, der schließlich an einer Lungenentzündung starb und den sie bis zuletzt pflegen musste. Kurze Zeit später wurde die Mutter schwer krank und musste gepflegt werden. Es vergingen wieder Jahre. Jahre der Pflege und des Stillstandes ihrer Karriere, denn während sie sich um ihre Eltern kümmerte, konnte sie nicht auftreten. Charlotte sah man an, dass die Jahre nicht spurlos an ihr vorübergegangen waren. Sie wurde in einigen Monaten 26 Jahre alt und hatte, trotzdem sie lange nicht sang, ihre Stimme nicht verloren. Sie sprach und sang wieder im Theater am Kurfürstendamm vor. Und abermals nahm man sie auf und stellte sie an. Der Erfolg kam zurück. Doch die Aufführung von Tristan und Isolde würde sie so schnell nicht vergessen. Während des zweiten Aktes, sie sang gerade ihre Arie, schrie jemand laut durch die Zuschauermenge: „Von der Bühne runter, einen Krüppel wollen wir nicht sehen!" Ein entsetztes Raunen ging durchs Publikum. Dann wieder der gleiche Zwischenruf. Dieses Mal noch lauter: „Hau' endlich ab, wir brauchen dich nicht!"

Charlotte hörte es, rannte von der Bühne und verbarrikadierte sich in ihrer Kabine. Sie weinte laut und beruhigte sich nicht. Mit einem Mal waren alle ihre Zukunftspläne und ihr Selbstvertrauen zerstört. Sie ging aus dem Theater und lief kopflos auf die Straße. Charlotte merkte nicht, dass hinter ihr ein junger Mann, elegant gekleidet und dazu noch gut aussehend, herlief. Er versuchte sie zu beruhigen. „Hallo, Fräulein Charlotte, bleiben Sie doch stehen, warten Sie, ich möchte mich bei Ihnen vorstellen."

Die Sopranistin drehte sich um und traute ihren Augen nicht. Was für ein Mann, dachte sie. Das kann es doch eigentlich gar nicht geben. Diese Schönheit war kaum zu fassen. Sie blieb stehen und trocknete schnell mit einem Seidentaschentuch ihre Tränen. Sie wollte nicht, dass dieser Herr sie so sah.

„Ja, ja…" stotterte Charlotte, „schon gut, wer sind Sie denn?" Der elegante Herr antwortete: „Ich will mich vorstellen. Mein Name ist Konsul Brinkhaus. Ich besuche regelmäßig Ihre Vorstellungen und bin von ihrer Schönheit und natürlich von Ihrer Stimme begeistert."
„Aber warum laufen Sie mir nach? Mir kann doch niemand helfen. Und auf diese Bühne gehe ich nicht zurück. Ich schäme mich so." „Charlotte", sagte Konsul Brinkhaus. „Bitte hören Sie mir mal zu. Ich bin der Meinung, dass es schändlich ist, was da passierte. Was dieser Mensch sich dabei gedacht hat, weiß ich nicht, aber ich weiß eines: Sie sind jung, schön und unglaublich

talentiert. Ihre Stimme hat einen besonderen Klang. Etwas Liebliches klingt darin mit, wenn Sie singen. Darum bitte ich Sie, weiterzumachen. Nehmen Sie keine Rücksicht auf diese Neider. Sie hassen, weil sie selbst nicht erfolgreich sind. Das hat wenig mit Ihnen zu tun." „Herr Konsul, wenn ich Ihnen doch nur glauben könnte." „Charlotte, das können Sie. Außerdem bitte ich Sie, mich bei meinem Vornahmen zu nennen. Ich heiße Lorenz. Ich habe längst erkannt, was in Ihnen steckt und ich sah Ihre Behinderung, die aber für mich nicht existiert, da ich mich …" Er stockte und wollte nicht weiter reden. Charlotte errötete heftig und wäre am liebsten ganz tief in den Erdboden versunken. „Lorenz wissen Sie, ich wurde so geboren und bin damit bisher gut durchs Leben gegangen. Meine Eltern sind kurz nacheinander verstorben. Ich hatte sie gepflegt, sie waren krank. Nun wohne ich allein in dem großen Herrenhaus in Charlottenburg und wollte mir den Traum von der großen Operndiva erfüllen. Aber ich bin erst mal schockiert." „Darf ich Sie zum Essen einladen?", fragte Konsul Brinkhaus. „Natürlich dürfen Sie, sehr gerne sogar.", sagte Charlotte. „Schon allein deswegen, weil Sie so liebenswürdig sind und mich aufheitern wollen." „Gut", sagte Lorenz, „dann treffen wir uns morgen im Restaurant Unter den Linden um 18 Uhr?" „Das ist mir recht", entgegnete die junge Frau. „Und nun", sagte Brinkhaus, „gehen wir gemeinsam zurück zum Theater und reden mit den Leuten." Charlotte war einverstanden.

Am nächsten Tag trafen sie sich zum Essen und die Stimmung zwischen ihnen war locker und freudig. Charlotte ging aus sich heraus und war noch nie so mit sich im Reinen. Sie fühlte etwas Wunderbares. Konsul Brinkhaus war sehr witzig und seine lockere Art gefiel ihr ausgesprochen gut. Charlotte Selbstwertgefühl stärkte sich wieder. Sie trafen sich nach fast jeder Vorstellung und Lorenz gestand ihr seine Liebe. „Auch ich finde Sie sehr liebenswert. Jedoch, um Sie zu lieben, benötige ich noch etwas Zeit.“ Der Konsul

hatte Verständnis und wartete. Bis dann doch eines Tages der Zeitpunkt gekommen war, um ihr einen Heiratsantrag machen zu können.

Sie heirateten prunkvoll und viele Gäste kamen zur Hochzeit. Das Hochzeitskleid wurde selbstverständlich in Konstanzes Nähstübchen geschneidert.

Das Herrenhaus von Charlotte verkauften sie und beide zogen in die Villa des Konsuls. Charlotte und Lorenz bereisten die ganze Welt, denn die Stimme der jungen Frau war überwältigend und alle lagen ihr zu Füßen. Sie wurden sehr glücklich und das Leben im alten Berlin ging weiter. Zille malte seine Bilder, der Verkehr auf den Straßen wurde immer rasanter, die Gartenlokale und Geschäfte florierten. Konstanzes Schneiderei konnte sich vor Aufträgen kaum retten. Es ist immer wieder eine Freude, aus dem alten Berlin zu berichten, denn diese schöne Zeit werden wir stets in guter Erinnerung behalten.

Ausverkauf

Es liegen nun schon seit längerer Zeit viele Ersatzteile in Connys USED BODY PARTS. Ganz langsam gehen Conny Conelly die Gelder aus, um seine Angestellten bezahlen zu können. Auch Geld für Strom für das Geschäftslokal, und natürlich für das Labor, muss bereitgestellt werden. Nun ja, es lässt sich sehr gut in diesem Zweig verdienen, aber nicht unbedingt in einem Vorort von Los Angeles. Besser gesagt in einem Vor-Vorort. Dann die ständig zu erneuernden Lizenzen, von wem stammt das Bein, die Hand oder der Arm, all dies muss Conny den Beamten der BCO, also des Body Control Office, beweisen können. Conny hat das Geschäft von seinem Vater vor drei Jahren übernommen. Jack Conelly hatte 2088 sein erstes Geschäft in Los Angeles eröffnet. Die Unkosten dort waren immens, aber Jacks Arbeit und Ehrlichkeit waren weit bekannt, jeder bezahlte gern für eine neue Hand 15.000 Dollar. Auch Jacks Service hatte einen guten Ruf ... Einstellarbeiten oder Anschlussarbeiten wurden perfekt ausgeführt. Jacks Sohn hingegen war immer schon für den schnellen Dollar. Oft versuchte Conny seinem Vater ein Körperteil einer nicht freigegeben Leiche unterzujubeln. Auch Menschen, die in Geldnot waren, kaufte Conny für weit weniger ihre Gliedmaßen ab, als sie offiziell dafür bekommen würden.

Nun gut, man kann es versuchen, aber Ehrlichkeit kommt doch ans Ziel. In der heutigen Zeit, also 2115, sind die staatlichen Auflagen noch höher, das wäre für Jack bestimmt kein Problem, aber er starb vor zwei Jahren an einem Gehirntumor. Das Kuriose daran ist, alle anderen Ersatzteile hätte Jack auf Lager gehabt, nur bei Gehirnen verweigert das BCO seine Genehmigung. Vielleicht gelingt es in 100 Jahren, ein komplettes Bewusstsein zu transformieren, wobei natürlich alle Reste des ursprünglichen Inhabers komplett gelöscht werden müssten. Und das ist auch das große Problem des BCO, kann ein Gehirn eines verstorbenen Mörders, mit dem neuen Muster eines Lehrers, aus Habsucht töten? Kann die Hand eines Mörders, angeschlossen an den Körper eines Pastors, jemanden erdrosseln?

Das alles ist nicht geklärt, Labore arbeiten daran, wo der eigene Geist wirkt und handelt. Bis dahin sind alle Ersatzteile scharf zu kontrollieren. Es soll nicht herablassend von Ersatzteilen gesprochen werden, aber seit dem letzten Atomkrieg, der Vernichtung der Ozonschicht und der Virenepidemien der 2050'er Jahre und davor, sind das Denken und der Kopf wichtiger geworden. Trotzdem gibt es immer noch die andere Seite, Diebstahl und Morde sind längst nicht ausgerottet. Und es ist so wie immer, der eine kann sich ein neues Auge kaufen, der andere aus Geldnot eben nicht oder er muss seins verkaufen...

Übrigens ist die Technik des Anschlusses perfekt gelöst. Bei einem Unfall oder einer Amputation wegen Krebs, werden Anschlussbuchsen am Körper verbaut. Diese Anschlüsse sind international genormt, wenigstens darin waren sich alle Staaten einig. Ein Arm eines Chinesen konnte also bei Übereinstimmung aller wichtigen Daten, wie etwa der Blutgruppe, bei einem Deutschen eingesetzt werden. Krebs ist sowieso das Wort des Jahrtausends geworden, hätte es bloß nicht die Atomkriege gegeben. In diesem Monat benötigte Conny wieder einiges an Geldern. Seinen Laden betraten zwei Zwischenhändler, bei ihnen hatte Conny mehr als 25.000 Dollar Schulden. „Du verkaufst in Zukunft unsere Waren aus zweiter Hand!", sagte einer. Es ist dabei wohl etwas makaber, von zweiter Hand zu sprechen, aber unkontrollierte Ware eben, wir kennen ja nun das Problem. Im Gegenzug kam Conny langsam von seinen Schulden runter. Die Ware wurde geliefert. 25 rechte Männerbeine, 11 Frauenbeine, 44 Hände und noch weitere Ersatzteile.

Die Ersatzteile kamen in die Kühlkammer. Die 16 künstlich hergestellten Ersatzteile legte Conny ins Regal. Die künstlichen Gliedmaßen waren für ärmere Kunden, sie waren lange nicht so fein in der Koordinierung der Bewegungen. Auch wurden sie verwendet, wenn die Blutgruppen nicht übereinstimmten.

Ein Kunde aus LA betrat den Laden und fragte nach Jack Conelly.

Vor der Jahrhundertwende stellte Jack ihm die Hände perfekt ein, ebenso die Augenschärfe. „Mein Vater ist leider verstorben, wie kann ich Ihnen helfen?", fragte Conny.

„Ah, verstehe, das tut mir Leid, aber wie der Vater, so der Sohn.
Ich habe Krebs im rechten Arm, den brauche ich neu. Lässt sich meine Hand noch verwenden?", so der Kunde. „Das ist nur ein geringer Kostenunterschied. Hier habe ich einen für sie, passender Arm mit Hand, die Daten stimmen überein!", sagte Conny und witterte ein Geschäft. „Da sie meinen Vater kannten, lasse ich ihnen 30 % nach!" „Okay, das ist ein Wort! In vier Tagen bin ich wieder bei ihnen. Im Krankenhaus lasse ich mir dann heute noch den Anschluss legen!" Nach vier Tagen kam der Kunde wieder zu Conny. „Die Wunde ist aber noch sehr frisch", meinte Conny. „Kein Problem, morgen habe ich einen Auftritt in der Menson-Halle, ich bin Country-Sänger. Die Gitarre werde ich nicht spielen können, das macht dann mein Sohn!", so der Käufer. Das Geschäft wurde abgewickelt, ohne Kontrolle, ohne Rechnung und ohne Namen.

In der Zeitung las Conny Tags später über das Country-Konzert.
Es war glanzvoll und ausverkauft. Man sprach aber auch von drei toten Konzertbesuchern. Aber Conny interessierte dies wenig. In den nächsten Tagen und Wochen kamen immer wieder Kunden, die verätzte Arme und Hände hatten.

Bis auf die Knochen wirkte diese Säure, alles musste amputiert werden. Conny war glücklich, das Geschäft lief gut, die unkontrollierte Ware machte sich bezahlt. Eines Tages stand der Country-Sänger wieder vor Conny. „Hallo, stimmt etwas nicht, soll ich eine Einstellung vornehmen, damit das Gitarrenspielern besser klappt?", flachste Conny. „Im Gegenteil, alles Bestens. Meine Freunde hast du auch gut versorgt, wir sind wieder vollständig. Hier ist deine Bezahlung!" Der Countrysänger nahm den Revolver und erschoss Conny.

In den nächsten Wochen waren in der Öffentlichkeit immer wieder Horrormeldungen zu hören. „Wieder wurden 36 Leichen entdeckt! Die ehemalige Gang des Massenmörders Big Dan Welley schlachtet Kleinstadt ab! Mit seinen 8 Gefolgsleuten mordet er im ganzen Staat! Mittlerweile sind es 177 Tote! Die Polizei hat noch keine Täterbeschreibung! Obwohl die Gruppe vor 12 Monaten durch den elektrischen Stuhl getötet wurde, leben sie durch ihre Arme weiter! Der Besitzer, der diese Arme verkaufte und die Mörder identifizieren könnte, wurde eliminiert!"

Das Gesetz wurde weiter verschärft. Heute dürfen nur noch Krankenhäuser, die dem Body Control Office unterstehen, solche Verkäufe durchführen.

Die Täter sind immer noch nicht gefasst. Es sind mittlerweile über 500 Tote!

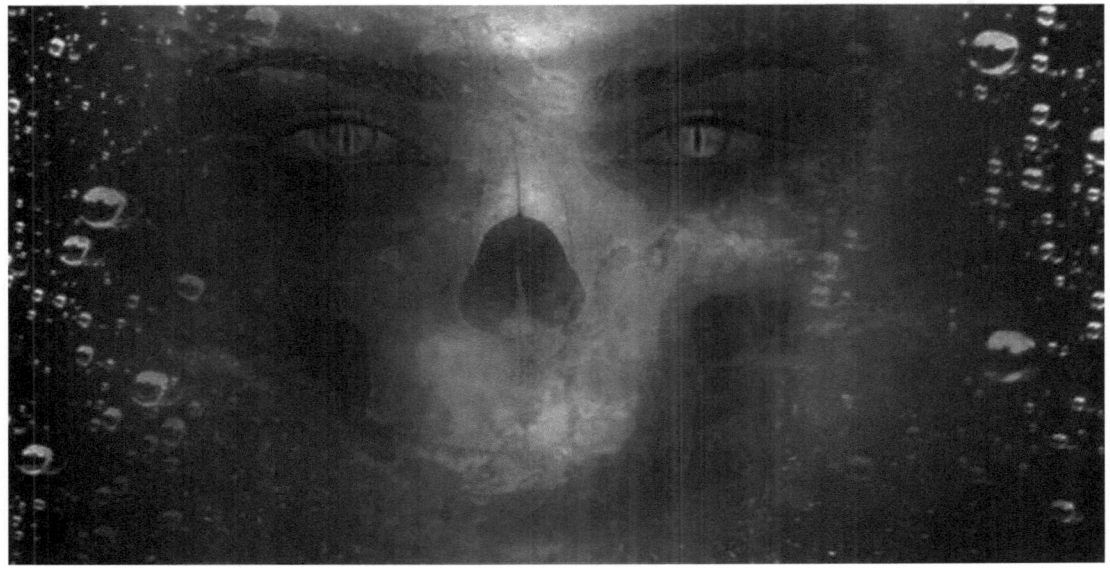

Das Auge

Woran denken Sie, wenn Sie sich im Badezimmer die Hände waschen? Nach der Rasur die Barthaare wegspülen? Den Zahnbecher mit Wasser füllen? Nichts? Oder: Komme ich zu spät zur Arbeit? Auf keinen Fall, dass Sie beobachtet werden, schließlich lässt sich die Badezimmertür absperren! Nun, genau dies dachte sich wohl auch Angela McCorby... oder auch nicht! Was ist geschehen? Durch einen Defekt, keiner weiß, wie es passieren konnte, ist Abwasser in die Frischwasser-zufuhr des Hauses an der Lincoln Street 55 eingedrungen. Lediglich stellte man bislang fest, dass Abwasser der naheliegenden Industrie-Unternehmen in den Garten der McCorby's gelang.

Wie jeden Morgen war Angela die letzte im Haus. Noch schnell die Küche aufgeräumt, die drei Kids hinterließen wieder eine Großbaustelle, nun noch das Badezimmer gereinigt, danach ging es ab ins Büro. Der Ablauf fand auch wie immer so statt. Nur, was glitzerte dort im Siphon des Waschbeckens im Badezimmer? Hat ihre Tochter Diana etwa einen Ohrring verloren? Angela schaute sich das glitzernde Etwas genauer an. Immer näher und näher schaute sie in das Waschbecken.

Plötzlich sprang ihr etwas ins Auge, es war wohl ein Wassertropfen. Alles schien okay... nun ab ins Büro.

Tage später bemerkte Angela, dass sich ihr Augenlicht auf dem rechten Auge verschlechterte.

Auch eine Verfärbung und Verdickung stellte sie fest. Zunächst bekämpfte Angela das Übel mit Augentropfen. In der Nacht hatte Angela schlimme Albträume, ihr Ehemann Stan weckte sie oft. Morgens konnte sich Angela an alle Vorkommnisse im Traum erinnern. Eigenartiger Weise sah sie immer Leichen vor ihrem sogenannten „Dritten Auge". Auch am Tag, und in der Nacht sogar Gesichter.

„Da reicht nun nicht mehr ein Augenarzt!", flachste Stan. „Da musst du wohl zum...!" „Sprich nicht weiter!", stoppte ihn Angela. Mit den Tagen veränderte sich Angela. Sie trug nun eine dunkle Sonnenbrille, sie verhielt sich auch sehr zurückgezogen. Nun reichte sie auch noch unbezahlten Urlaub ein. Die Hausarbeit erledigte Angela nur noch mit Widerwillen. Als ihr auch noch mehr Haare ausfielen, quartierte sie sich im Gästezimmer ein.

Die Tage vergingen. Die Kinder wurden vom Vater versorgt, Angela kam nicht mehr aus dem Zimmer, sie schloss sich ein. Die Familie sorgte sich sehr, auch Dr. Miller, Hausarzt der Familie, wurde nicht von Angela empfangen. Eines Nachts machte sich Stan daran, mit einem Draht den Schlüssel der Tür auf den Fußboden fallen zu lassen. Vorher schob er ein Blatt der Tageszeitung unter die Tür durch. Es klappte, der Schlüssel fiel auf das Blatt, langsam zog Stan nun das

Blatt mit dem Schlüssel zu sich. Vorsichtig und leise öffnete er die Tür. Nun schlich er zum Gästebett, Angela schlief fest, sie stöhnte. Sie trug eine Augenklappe, ihr Gesicht war geschwollen. Vor dem Bett lagen ihre wunderschönen Haare, alle waren ausgefallen. Stan erschrak, er nahm die Augenklappe von Angelas Kopf ab und schaltete die Nachttischlampe ein. Eine Todesangst hatte Stan, als er die verschrumpelte Gesichtshälfte mit den Narben und Pocken sah. Angela schlief weiter, stöhnte dabei, aber ein Auge schaute Stan an, es war ein grauenhafter Anblick, das war kein Auge, es war ein ganzer Organismus mit Augen und Mund. „Bezahlen werdet ihr alle dafür, bezahlen!", quietschte es aus dem verunstalteten Mund. Stan rannte aus dem Haus und übergab sich. Sofort rief er den Sheriff. Das FBI schaltete sich ein. Die Familie und das ganze Anwesen wurden unter Quarantäne gestellt. Spezialisten der AREA 51 behandelten sie. Verschwiegenheit wurde angeordnet.

Ja, nun sind sechs Monate vergangen. Angelas schönes Gesicht konnte nicht gerettet werden, die plastische Chirurgie tat aber ihr Möglichstes. Aber sie lebt und die ganze Familie wohnt nun in Canada.

Sie fragen nach der Ursache des ganzen Dramas? Man vermutete außerirdische Wesen. Dem war nicht so. Eine der Firmen arbeitete mit hochgradigen Säuren. Sicherheitsvorschriften wurden nicht eingehalten. Arbeiter, die in Säurebecken fielen, wurden im Erdreich entsorgt. **Arbeiter, die sich verätzten, wurden umgebracht. Arbeiter, die darüber reden wollten, wurden ebenfalls umgebracht. Eine Lebensform entwickelte sich eigenständig in der Säure durch die Toten. Auf dem Betriebsgelände wurden 186 Leichen gefunden, 34 Jahre gab es diesen Betrieb, wer weiß, was noch alles ans Tageslicht kommen würde. Der Besitzer stürzte sich am Tag der Durchsuchung in eines der riesigen Säurebecken.**

Das Unheil kam aus dem Labor

Ich war ein junges Mädchen und lebte mit meinen Eltern in einem Vorort von New York. Brooklyn war meine Heimat. Ich fühlte mich wohl dort, hatte meine Freunde und ging hier zur Schule. Dieser Stadtteil ist nicht gerade der Ort, auf den man besonders stolz sein könnte. Arbeitslosigkeit und Kriminalität dominierten das Straßenbild. Nachdem ich mein Studium in Boston begann, blieb kaum noch Zeit, mich um meine Eltern zu kümmern. Sie wollten unbedingt in Brooklyn alt werden und waren nicht zu bewegen, in eine andere Stadt zu ziehen. Während der Semesterferien besuchte ich meine Eltern Jeff und Mary Watson oft. Mein Name ist Linda. Geheiratet habe ich nie und heute denke ich, es war wohl besser so. Ich habe immer schon die Turbulenzen in meinem Leben geliebt und glaube, dass dies wohl niemand mit mir geteilt hätte. Meine Doktorarbeit schrieb ich mit links. In einem wissenschaftlichen Institut für Meeresbiologie war ich kurz darauf angestellt und konnte frei entscheiden, was zu tun war. Mit der Untersuchung von seltenen Meeresgeschöpfen begann meine Arbeit. Weder ich, noch meine Kollegen, konnten damals ahnen, was uns noch erwartete. Die Arbeit machte mir große Freude, jedoch habe ich mir geschworen, nie mehr einen Fisch zu untersuchen. Zu groß wäre die Angst, wieder böse überrascht zu werden.

Nun ja, an diesem Morgen dachte noch niemand an etwas Negatives. Ein Fisch musste in alle Einzelteile zerlegt werden. In einer speziellen Lösung mussten grundlegende Zusammensetzungen der Haut und der Eiweißstoffe erforscht werden. Das Blut wurde untersucht und alles wurde gründlich analysiert. Dieses Tier war unbekannt. Es kam aus einer unglaublichen Tiefe im Ozean, die zuvor noch nie mit einem U-

Boot erreicht werden konnte. Erst zu diesem Zeitpunkt war es möglich, solch eine Tiefe mit einem speziellen Gefährt zu erreichen. Das Maul des Fisches hatte eigenartige Zahnreihen, die an ein menschliches Gebiss erinnerten. Seine Augen ähnelten einem alten Mann, der sehr müde war. Wenn ich nicht genau gewusst hätte, dass dieser Fisch tot war, hätte ich denken können, dass er mich jeden Moment anspringt. Nach einigen Untersuchungen stellte sich heraus, dass das Blut des Tieres ähnlich zusammengesetzt war wie das unsere. Doch einige Stoffe waren sehr ungewöhnlich. Um dies zu untersuchen, brauchte ich Zeit. Diese Zeit hatte ich leider nicht. Plötzlich rollte dieses Tier mit den Augen hin und her, als wenn es uns beobachten würde. Das tat er auch. Der Fisch bewegte das Maul, als wenn er reden wollte. Er fing wie wild zu zappeln an. Das Rollen der Augen und die Bewegungen des Maules deuteten darauf hin, dass er uns etwas mitteilen wollte. Es war wie in einem Horrorfilm.

Wir bekamen es alle mit der Angst zu tun und standen da wie angewurzelt. Die Stimme versagte uns. Schnell wollten wir diesen Spuk beenden. Doch ehe wir noch an etwas anderes denken konnten, platzte dieser Fisch komplett auf. Alle Eingeweide fielen heraus, aber auch ein Ei, das einem Hühnerei ähnelte. Der Horror nahm kein Ende, im Gegenteil. Das Telefon klingelte und meine Mutter Mary rief fast ungehalten vor Aufregung in den Hörer: „Linda, Linda! Vater hat..." Sie sprach nicht weiter. „Bitte rede weiter!", sagte ich zu ihr. „Was ist mit Dad?" Sie sprach weiter: „Er brachte heute einen Fisch vom Angeln mit nach Hause." Sie redete wieder nicht weiter. „Ma, was ist los?" „Dieser Fisch sah ungewöhnlich aus, ja gruselig. Er hatte menschliche Züge." „Und weiter, Ma?" „Ja, das war nicht das Schlimmste. plötzlich zappelte er wie wild herum, obwohl er tot war.

Und sein Körper platzte auf. Ein Ei, so groß wie ein Hühnerei rollte heraus. Mich schüttelt es!", sagte meine Mutter. Ich sagte ihr, dass sie nichts anrühren sollte. „Lasst alles so liegen, bis ich euch jemanden vom Tierschutz geschickt habe", sagte ich ihr eindringlich. „Und schließ den Raum gut ab, in dem dieses Untier liegt." „Ich will es so machen, Linda, ich habe furchtbare Angst." „Wir auch", sagte ich mit einer beruhigenden Stimme, zu der ich mich zwingen musste. „Hier im Institut ist der Horror ausgebrochen", sagte ich zu ihr. „Linda wir haben panische Angst!", sagte meine Mutter.

Ich versuchte sie zu beruhigen und empfahl ihr, das Zimmer abzuschließen, in dem sich der Fisch und das Ei befanden. Vorsichtig legte ich mit meinen Kollegen das makaber anmutende Ei in den Brutschrank. Der Fisch, obwohl er aufgeschnitten war, lebte immer noch. Aus seinem menschenähnlichen Maul kamen komische Laute. Er sagte so etwas wie: „Mein Auftrag ist erledigt. Niedergang der Menschheit." Sämtlichen Angestellten des Institutes stockte der Atem. Wir konnten und wollten nicht wahrhaben, was wir da hörten. Was war hier los? War es Realität oder Traum? Bei meinen Eltern in Brooklyn sah es schlecht aus. Plötzlich brach ein Stück der Schale aus dem Ei. Auch im Brutkasten des Instituts tat sich etwas Furchterregendes. Statt einer Feder oder einem Schnabel, wie man vermutet hätte, kam ein winziger Finger zum Vorschein. Keiner wagte sich zu bewegen und das Entsetzen konnte man in den Augen der Leute beobachten. Abermals wiederholte der Fisch das, was er vorher gesagt hatte. Schweigend schauten sich alle an. Das Ei im Brutkasten platzte wieder ein Stück auf. Und wir sahen den Teil einer menschlichen Schulter. Die Haut war gelb und verschrumpelt. Zotteliges Haar bedeckte die Haut. „Wir müssen etwas unternehmen!", rief Jack sofort. Er war meine rechte Hand im Institut. Wieder brach ein Stück Schale heraus. Ein ausgewachsener Mensch, wenn man das überhaupt so sagen konnte, kletterte heraus. Der Horror nahm kein Ende.

Erneut rief meine Mutter an. Das Wesen, das aus diesem Ei kletterte verwandelte sich innerhalb von Minuten in ein Monster von über zwei Metern. Es schrie wild: „Ich werde euch auslöschen. Ihr seid schon immer für unseren Planeten Andromega eine Bedrohung gewesen. Jetzt reicht es. Der Fisch war unser einziges Transportmittel, da wir aus den Tiefen der Ozeane kommen. Unsere Galaxie ist einzigartig. Nur durch die Meere können wir hier her kommen. Da Andromega unendlich weit von der Erde entfernt ist, haben selbst wir noch keine andere Möglichkeit gefunden zu euch zu kommen. Euren Müll schießt ihr ins All und alles landet auf Andromega. Wir ersticken daran. Wir hatten eine wunderbare Vegetation, die sich nun nicht mehr entfalten kann. Unsere Atmosphäre war rein. Die Luft konnte man atmen. Jetzt hängt ein ewiger Schleier über unserem Planeten. Was seid ihr nur für ein elendes Volk. Voller Gleichgültigkeit und Herrschsucht. Dachtet ihr denn, dass ihr auf Dauer so weiter machen könnt? Jetzt bin ich hier und werde diesen Planeten in Augenschein nehmen. Wir wollen hier leben, da es auf Andromega nicht mehr möglich ist. Nur eines stört gewaltig und das seid ihr, Menschenvolk. Ihr habt uns Schlimmes angetan und dafür müsst ihr bezahlen." Meine Mutter hatte den Hörer danebengelegt, sodass ich alles mit anhören konnte. Mir wurde schlecht. Meine Sinne schwanden und mir fiel es verdammt schwer mich zu konzentrieren.

Wir mussten nun schnell handeln bevor es zu spät war. Denn: Wie viele Eier sind schon auf diese Weise hier her gekommen? Wir konnten es nur ahnen. Auch im Institut spitzte sich die Situation dramatisch zu.

Das Ei sprang weiter auf. Eine ekelige Gestalt kletterte heraus, die sich auch hier in Windeseile in ein zwei Meter großes Monstrum verwandelte. Jack konnte noch ungesehen in den Nebenraum verschwinden, um Hilfe zu rufen. Er rief den Präsidenten an, der anfänglich nicht glauben konnte, was er da hörte. Aber er veranlasste alles. „Bitte versucht in der Zeit diese Kreatur hinzuhalten", sagte der Präsident. „Wir werden so schnell wie möglich da sein. Das Militäraufgebot ist schließlich riesig und nicht in Kürze zusammen zu ordern." Jack ging zurück ins Labor und gab uns ein Zeichen, sodass wir wussten, dass Hilfe kam. Da der Hörer in Brooklyn immer noch neben dem Apparat lag, konnte ich hören, was dort passierte. Meine Eltern schrien laut und verzweifelt und ich konnte nichts machen. Auch dort war Hilfe im Anmarsch. Meine Mutter weinte und rief immer den Namen meines Vaters. „Bitte lass uns zu Frieden!", rief sie. „Wir können doch nichts dazu." Doch diese grausame Kreatur schleuderte meinen Vater vor die Wand, sodass er sofort tot war. „Jeff, Jeff!", rief sie. Er gab keine Antwort mehr. Ein Grummeln und Grunzen war zu hören und ich betete, dass er meine Mutter leben lassen würde.

Im Labor baute sich das Monster vor den Mitarbeitern auf und sagte: „Nun ist es endlich soweit. Ich werde meinen Auftrag erfüllen und schauen, ob wir hier wohnen können. Alle Bewohner aus Andromega sind auf dem gleichen Weg unterwegs. Ihr werdet ausgerottet werden, denn dafür habt ihr uns zu viel angetan. Da wir alle diese Größe haben, könnt ihr nicht viel gegen uns ausrichten." Es grunzte und der Sabber lief ihm aus dem Maul. „Ha, ha", sagte es. „Das wird euch nichts nutzen." Es nahm zwei meiner Kollegen, schleuderte sie herum und schlug sie vor die Wand, sodass sie sofort tot waren. Blut tropfte an den Wänden herunter. „Linda, Linda!", hörte ich laut durch den Hörer. Plötzlich ein Aufschrei. Auch meiner Mutter konnte nicht mehr geholfen werden. Leider war in diesem Moment an Trauer nicht zu denken, denn ich musste aus der schlimmen Situation herauskommen. Nur wie? Ich sprach das Untier an: „Ich will dir einen Vorschlag machen, bitte hör mir nur einen Augenblick zu." Mir zitterte die Stimme, doch es durfte nicht merken wie schlecht es mir ging. „Wir wollen alles wieder gutmachen, was wir euch angetan haben. Wir werden euren Planeten wieder bewohnbar machen", sagte ich mit zitternder Stimme. „Aber wie wollt ihr uns erreichen?", fragte das Wesen. „Die NASA hat geheime Informationen darüber, wie man auch sehr weit entfernte Planeten erreichen kann. Lichtgeschwindigkeit ist schon kein Thema mehr. Informationen wird der Präsident mitbringen." „Ich werde mir anhören was er zu sagen hat", sagte das Wesen.

Einige Minuten später wurde das Institut umstellt und die Tür zum Labor aufgerissen. Soldaten mit schweren Maschinenpistolen feuerten von allen Seiten auf das Ungeheuer. Es fiel nicht um, sondern löste sich in Nichts auf.
„War das alles nur ein Traum?", fragte ich.
„Nein!", antwortete Bob, ein Kollege, der gerade seinen Doktor in Biologie gemacht hatte. „Leider haben wir die Realität erlebt. Nur wissen wir nicht, wie viele von diesen scheußlichen Gestalten schon unter uns sind."
Überall in den Staaten wurde der Notstand ausgerufen, die Menschen sollten bei dem kleinsten Verdacht den Präsidenten und das Militär benachrichtigen. Meine Eltern hatte ich verloren, das konnte ich nicht mehr rückgängig machen. Aber ich hatte eines verstanden. Wir

Menschen müssten endlich begreifen, dass wir nicht einzigartig sind, dass wir mit dem, was wir haben, nicht sorglos umgehen könnten. Und wer weiß, wie lange es noch dauern würde, bis wir selbst uns einen anderen Planeten suchen müssten, damit die wir weiter existieren könnten. Halten wir den Weltraum sauber und lernen wir endlich Zurückhaltung und Demut für das, was uns geschenkt wurde.

Der Opfergang

Die Inspektoren Bob Nelson und Nick Brando hatten im Stadtteil Manhattan ein kleines Büro. Dieses Büro suchten nur ganz bestimmte Leute mit besonderen Problemen auf. An der Tür stand „Police" und darunter in kleiner Schrift „Geisterjäger". Kleine Schrift wurde aus dem Grundgenutzt, dass es nicht jeder auf Anhieb lesen sollte, denn sie schämten sich für ihre fast unglaubhafte Arbeit. Aber in den letzten Jahren waren zu viele mysteriöse Dinge geschehen, die auch einen erfahrenen Geisterjäger schockierten. Immer wieder wurden sie gerufen. Nur Bob Nelson und Nick Brando hatten sich jedes Mal bereiterklärt zu helfen. Im Laufe der Zeit spezialisierten sie sich auf dem Gebiet der Geisterjagd. Nichts entging ihrer Aufmerksamkeit. Aber fast immer gewannen sie den Kampf gegen das Böse. An diesem Oktobermorgen, es war noch dunkel und nebelig, klopfte es heftig an der Bürotür. Beide erschraken und richteten den Blick zur Tür. Sie wussten, dass wieder Arbeit auf sie wartete.

„Herein!", rief Nelson. Ein junges Paar betrat den Raum. Kreidebleich im Gesicht, fingen sie fast gleichzeitig an zu reden: „Drüben am Waldrand, haben wir uns ein Haus gekauft. Wir wollten dort wohnen, bis wir alt werden. Außerdem ist meine Frau schwanger.", sagte der Mann.

Das Haus wäre groß genug für eine Familie. „Am ersten Abend, nachdem wir eingezogen waren, spielte sich nichts Ungewöhnliches ab. Aber am nächsten Tag ging es los. Der Horror begann. Seit einigen Wochen ist dieses Haus unser Zuhause, dachten wir jedenfalls. Ruhe fanden wir bisher nicht. Unsere ganzen Ersparnisse sind für den Kauf des Hauses draufgegangen. Wo sollten wir sonst hin?" „Sachte, immer sachte", sagte Bob Nelson in seiner lässigen Art. „Jetzt beruhigen sie sich doch etwas und erzählen sie uns in aller Ruhe, was geschehen ist." Anne Baker sprach: „Ich ging eines Morgens in die Küche, wollte mir einen Kaffee machen. Mein Mann fuhr sehr früh ins Büro. Ich war allein im Haus. Ich weiß nicht, ob ich überhaupt was sagen soll. Sie werden mir bestimmt nicht glauben. Auch das, was mein Mann ihnen sagen will, klingt irgendwie unglaubhaft." Nick Brando antwortete: „Aber Miss Baker, dafür sind wir doch da, um gerade solche Fälle zu klären." Nun sprach sie weiter: „Es stand, wie aus dem Nichts, eine Frau im Nonnengewand vor mir. Sie glotzte mich mit weit aufgerissenen Augen an und krächzte hysterisch und bösartig: Wir wollen dein Kind, wir werden es uns holen, wenn es soweit ist. Dann war sie plötzlich wieder verschwunden ...

... Am Abend erzählte ich es meinem Mann, doch so recht glaubte er mir nicht und schob es auf meine Schwangerschaft. Nein, nein antwortete ich ihm, mein Verstand hat mir keinen Streich gespielt. Ich habe sie wirklich gesehen. Roger nahm mich in den Arm und riet mir, darüber zu schlafen. Aller ein paar Tage tauchte von da an diese wahnsinnige Nonne auf. Nicht nur in der Küche überraschte sie mich, sondern überall dort, wo ich mich gerade aufhielt. Mittlerweile glaubt Roger mir." „Das klingt alles sehr unglaubwürdig, ist aber nichts Neues für uns. Solche Fälle hatten wir hier in den letzten Wochen mehr als genug", meinte Nick Brando.

„Nun ja", fuhr Roger fort, „ich ging in den Keller. Da ständig die Sicherungen herausflogen, wollte ich nachsehen, was da los ist. Da standen sie im Kreis. Sechs Nonnen. Es war ein Zeichen auf dem Boden gemalt, aber ich konnte es nicht erkennen. Es war zu dunkel. Monotone Sprechchöre waren zu hören, so etwas wie eine Beschwörung. Schwarze Kerzen leuchteten an den Wänden des Kellergewölbes. Auf einmal ging eine der Nonnen weg. Sie verschwand einfach durch das dicke Mauerwerk. Wenig später kam sie mit einem Säugling auf dem Arm wieder. Wenn ich es nicht mit eigenen Augen gesehen hätte, könnte auch ich es nicht glauben."

Die Angst stand ihm ins Gesicht geschrieben. „Reden sie weiter, Mister Baker", sagte Bob Nelson locker wie immer. Roger stotterte hektisch: „Sie legte das Kind in die Mitte des Kreises und sprach eine Beschwörungsformel. Als das Kind schrie, wurde es sofort umgebracht. Das ganze Spektakel dauerte eine halbe Stunde. Anschließend löste sich alles vor meinen Augen in Luft auf. Meine Selbstbeherrschung hatte ich nicht mehr im Griff, als ich nach oben ging. Der Strom schaltete sich wieder ein, ohne dass ich eine neue Sicherung brauchte." „Mein Gott!", sagten beide Inspektoren fast gleichzeitig, „Das ist ja mehr als grauenhaft." Anne Baker weinte. „Ich habe Angst um das Baby, was sollen wir nur tun?" „Miss Baker, genau dafür sind wir da, bitte machen Sie sich keine Sorgen", sagte Bob. „Geister müssen, um sie unschädlich zu machen, ignoriert werden. Einfach nicht beachten, wenn es wieder geschieht. Gehen Sie nun erst mal nach Hause. Warten Sie ab, wir werden uns in den nächsten Tagen bei Ihnen melden, sobald wir etwas herausgefunden haben." Roger und Anne Baker gingen Hand in Hand zu ihrem Auto, setzten sich in den alten Ford und fuhren weg. Wieder ereignete sich Tage später etwas Grausames im Hause der Bakers. Sie wollten gerade ins Haus gehen und mussten feststellen, dass die Haustür offenstand. Bluttropfen waren zu sehen.

Sie befanden sich überall an den Wänden und auf den Teppichen. Sogar die Möbel waren beschmiert. Anne schrie laut und konnte sich nicht beruhigen. Roger versuchte seiner Frau klarzumachen, dass sie schwanger war und an das Kind denken sollte.

Er versuchte das Blut abzuwischen, doch es kam immer wieder durch. Eine große Schrift mit Blut geschrieben tauchte an der Wand auf. Es stand darauf: „Wir werden dein Kind holen. Denke nicht, du bleibst verschont." Dann plötzlich waren die Schrift und die Blutsflecken verschwunden. Anne und Roger liefen hinauf in ihr Schlafzimmer, schlossen sich ein und kauerten engumschlungen im Bett. Keiner von den beiden traute sich, etwas zu sagen. Die Tage vergingen ohne besondere Zwischenfälle. Inspektor Bob Nelson und Nick Brando forschten eifrig und fanden heraus, nachdem sie fast alle Ämter, Kloster, Stadthäuser und Archive abgegrast hatten, dass dort, wo sich das Haus der Brandos befand, vor einhundert Jahren ein Kloster stand. Die Nonnen die darin lebten, hielten schwarze Messen in den Kellergewölben ab. Als Geschenk für den Herrn, so nannten sie den Teufel, opferten sie neugeborene Kinder. Die Babys bekamen sie von misshandelten Frauen, die im Kloster Schutz suchten. Dabei gingen sie brutal vor. Sie entrissen ihnen regelrecht die Kinder.

Die Nonnen warteten erst gar nicht den Geburtstermin ab, sondern schnitten den Müttern einfach den Bauch auf und holten das unschuldige Lebewesen heraus. Meistens starben die Frauen und wurden dann in den Wänden eingemauert. Keiner fragte nach ihnen, sie wurden nie vermisst. Nun waren die beiden Inspektoren gefragt. Durch die Erfahrung, die sie im Laufe der Zeit machten, wussten sie genau, wie sie sich in solchen Situationen verhalten mussten. Nelson und Brando fuhren los, bepackt mit Utensilien, die der Geisterbekämpfung dienten. Am Haus der Bakers angekommen, fanden sie zwei Menschen vor, die kaum noch ein klares Wort sprechen konnten. Sie zitterten am ganzen Leib und erzählten, was in den letzten Tagen passiert war. Die Geisterjäger, so nannten sich die beiden Männer, gingen an die Arbeit. Nick sagte noch: „Bitte packen Sie das Nötigste ein, Sie werden vorläufig in ein Hotel gehen. Sie bleiben so lange dort, bis wir Sie rufen." Für Nick und Bob begann jetzt der schwierige Teil. Sie warteten die Dunkelheit ab. Etwas mulmig war ihnen schon, zumal sie in Erfahrung gebracht hatten, welche grausamen Dinge an diesem Ort einst geschahen. Nick stellte eine Infrarotkamera auf und schaltete sie ein. Bob montierte noch gerade ein Geräuschaufnahmegerät, das auch die feinsten und leisesten Töne aufzeichnete. Plötzlich hörten sie mystische Gesänge. Sie gingen in den Keller. Sprechchöre und Beschwörungsformeln drangen an ihre Ohren.

Sie trauten ihren Augen nicht. Das, was sie sahen, ließ sie vor Schreck erstarren. Eine Teufelsanbetung mit sechs Nonnen die sich im Kreis aufgestellt hatten. In der Mitte des Kreises weinte ein Baby. Die Nonne ging hin und schrie: „Hör auf zu jammern du armselige Kreatur." Sie klebte dem Säugling den Mund zu, bis es sich nicht mehr bewegte. Die Gesänge wurden immer eindringlicher. „Wir müssen handeln Bob", flüsterte Nick. Noch ehe der Gedanke zu Ende gedacht war, tauchte über den Nonnen, oberhalb des Deckengewölbes, ein riesiger Kopf auf. Grausam verzerrt die Fratze, feuerrote Augen und Blut rann ihm aus dem Maul. „Der Teufel persönlich", sagte Bob. „Ich werde mindestens ein Jahr lang Albträume haben. Wir brauchen Feuer. Alles muss verbrannt werden." Nick fand einen Kanister mit Benzin in der anderen Ecke des Kellers. Sie schütteten alles auf den Boden. Damit es heftig brennen konnte, trugen sie Pappe und Papier zusammen. Es brannte lichterloh, die Flammen schlugen gnadenlos zu und fraßen sich durch das ganze Haus. Dann vernahmen sie noch eine Stimme, die hysterisch schrie: „Freut euch nicht zu früh, wir kommen wieder!" Nick und Bob mussten von der Straße aus mit ansehen, wie das Haus niederbrannte. „Es ist wohl besser so", meinte Nick.

Roger und Anne bekamen ein Ersatzhaus. Dafür sorgten die Bewohner des Stadtteils. Sie spendeten und gaben dem jungen Paar alles, was sie erübrigen konnten. Alle hielten fest zusammen, denn jeder konnte der nächste in diesem Gruselkabinett sein. Das neue Haus stand am anderen Ende des Stadtteils. Es war zwar etwas baufällig, aber alle packten mit an, um es wieder herzurichten. Mit Kleiderspenden und gebrauchten Möbeln wurden sie versorgt. Lange würden sie brauchen, um darüber hinwegzukommen. Aber sie lebten, und nur das war wichtig.

Ob es nun im Stadtteil Manhattan in Zukunft ruhiger werden würde, wusste man nicht so genau. Jedoch Nick und Bob hielten sich stets bereit, um jederzeit den Kampf mit dem Bösen aufzunehmen.

Mission X – Was war vor dem Urknall?

New York 2066 - Vassar College:
„Wir kommen nur zum Ziel, wenn wir Ursache und Wirkung aus unserem Denken verbannen. Ich sehe einen Fluss, der kommt zustande, weil es regnet. Der Regen kommt aus Wolken, die über   den Meeren durch Wärme entstehen. Die Wärme schickt die Sonne. Die Sonne, unsere Erde, ja, die gesamte Materie entstanden und entstehen noch im Weltall. Das Weltall entstand beim Urknall, dem Big Bang. Und der Big Bang, dieses vielleicht nur stecknadelgroße Ding, entstand ... tja, das meine lieben Zuhörer gilt es herauszufinden. Mithilfe der Weltraummission ELISA, Evolved Laser Interferometer Space Antenna, die wir 2034 ins All gestartet haben, können wir nun mit den Daten genau sagen, wo der Urknall stattfand. Es lassen sich nun die Gravitationswellen messen, die vom Big Bang übriggeblieben sind. Kommen wir nun zu den verschieden Theorien. Ich beginne mit der Planck-Dichte ... ... ", und Professor Hendricks fuhr später fort. „Wichtig ist, dass der Urknall nicht in einem bereits vorhandenen leeren Raum stattfand. Mit ihm entstanden erst Raum, Zeit und Materie. Es muss ein unendlich kleiner Punkt gewesen sein, wir nennen es Singularität, wobei sich die Raumzeit so sehr um das Objekt gekrümmt hat, dass eine Größenangabe nicht möglich ist.

Singularitäten innerhalb eines normalen Schwarzen Lochs, sind von einem Ereignishorizont umgeben. Ob auch Singularitäten ohne Ereignishorizont, sogenannte Nackte Singularitäten, existieren, ist irgendwann einmal festzustellen."

Unter den Studenten war die ehrgeizige Lydia McCormick. Ihr Ziel war die Erforschung was vor dem Urknall war. Ebenfalls reizte es sie unendlich, herauszufinden, ob es sich beim Urknall um eine Nackte Singularität handelte. Das heißt, um den Urknall herum spielte sich nichts ab. Bei einem Schwarzen Loch ist das ja der Fall. Dazu musste sie lernen, genauso wie es Professor Hendricks sagte, dass wir Ursache und Wirkung aus unserem Denken verbannen.

Im Laufe vieler Jahrzehnte entwickelte McCormick Theorien, die viele ihrer Kollegen für Hirngespinste hielten. So war es ihre Ansicht, dass der Raum, der sich ja ständig ausdehnt, mit einer Erinnerungssignatur behaftet ist. Soll heißen, die Erde dreht sich um die Sonne. Die Sonne um das Schwarze Loch in unserer Milchstraße. Das ganze bleibt aber nie an der gleichen Stelle, sondern driftet von anderen Galaxien ab. Jeden Tag, jede Stunde, jeden Minute und jede Sekunde befinden wir uns in einem jungfräulichen und nicht programmierten Raum.

Natürlich kann durch diesen Raum bereits eine andere Galaxis geflogen sein. Computermodelle werde dies zeigen.

Aber eher weniger die Gedanken, Geräusche, Bilder und Taten von Menschen oder Wesen anderer Planeten. McCormick träumte von einem Mess- und Analysegerät, um 4 Dimensionen + X aufzeichnen und sichtbar machen zu können. Die 4 Dimensionen, also der dreidimensionale Raum und Zeit als vierte Dimension, sind verständlich. X bedeutet dabei die Signatur im Raum, das Denken, die Musik, die Bilder und die Taten von denkenden Wesen, etwa der Menschheit.

Zu Lebzeiten wurde Lydia McCormick zur Professorin ernannt. Beruflich und privat arbeitete sie an ihrem Analysegerät. Sie legte, im Alter von 78 Jahren, der Vereinigung USA-SF ihre Theorien vor. Aus gesundheitlichen Gründen bat sie um Fortführung ihrer Ergebnisse. So war es dann auch. In New York wurde ein Institut eingerichtet, um weiter zu forschen. Nach ihrem Tod würde ein eventuelles Analysegerät „McCormick 4D+X" genannt.

200 Jahre später wird McCormicks Idee Wirklichkeit. Das Gerät funktioniert. Mord und Totschlag gibt es auf der Erde fast nicht mehr. Denn das Gerät wird zur Wahrheitsfindung eingesetzt.

Jede Polizeistation arbeitet nun mit dem „McCormick 4D+X". Wie ist der Ablauf der Messung? Auszug aus dem Polizei-Bericht NY-CFG 5644: „Detektiv Johnsen und ich wurden zu einem Mord in die Mercury-Street 65 gerufen. Eine 44 jährige Frau lag leblos auf dem Boden. Eine Nachbarin rief uns. Fingerabdrücke werden heutzutage nicht mehr benötigt. Wir stellten sogleich die 4D+X Box auf. So nennen wir die McCormick 4D+X Apparatur. Dazu müssen wir Parabolantennen aufstellen, die in Richtung der abgelaufenen Erdbewegungsrichtung zeigen, die andere Seite, also um 180 Grad gedreht, wäre die Zukunft. Eine etwaige Todeszeit wäre nützlich, aber auch nur zur Beschleunigung für das Ergebnis. Das Gerät zeigt nun auf einem Bildschirm an, was im Haus passiert ist. Wir zeichneten den Ablauf auf. Leider stand die Nachbarin verbotener Weise dabei. Sie schrie plötzlich auf und erkannte ihren Ehemann auf dem Bildschirm. Dieser erschlug die 44 Jährige."

Weitere 150 Jahre später haben es die Menschen geschafft aus dem Körper auszutreten und in Androiden zu gehen, um z.B. im Weltraum Arbeiten durchzuführen.

Kurze Zeit später gelang der Durchbruch mit Energieblasen und dem menschlichen Geist, bzw. einer Crew von menschlichen Geistern, mit

Überlichtgeschwindigkeit durchs Weltall zu fliegen. Die Energieblasen fungierten dabei wir Raumschiffe.

2511 - Mittlerweile ist das Messgerät lange schon in jedem Menschen von Geburt an als Schwingungsmuster in den Gehirnen einprogrammiert. Es ist eine Ehre Mensch zu sein. Es wird geforscht. Das Böse ist vollkommen ausgeschaltet. Geld, Macht und Luxus existieren nicht mehr. Der Planet Mars ist schon lange ein Ort der Erholung geworden. Bereits vor über 500 Jahren wurde vermutet, dass alle Informationen, die es seit dem Urknall gibt, in jeder Zelle in uns vorhanden sind. Vielleicht sogar in jedem Baum, Stein und sogar in jedem Wassertropfen. Zumindest war es die Aussage von R. G. Wardenga. Je nach Wahrnehmung, also der Sensorik der Menschen, können sie weit in die Vergangenheit mit der 4D+X-Sinnessensorik forschen. In die Vergangenheit bedeutet dabei der Raum, den die Erde, bzw. der Ort des Geschehens, durchschritten ist. Denn dieser Raum ist ja nun mit einer Signatur versehen. Eigentlich wird diese Fähigkeit nicht mehr benötigt.

Aber eine Sache, eine Mission, wäre da noch zu erforschen. Jeder Wissenschaftler erinnert sich an die Theorien der Professorin McCormik, die den Urknall untersuchen wollte. Jetzt endlich gab es eine Option, dies durchzuführen, denn das feststoffliche Gerät könnte man nie zum Platz des Urknalls bringen. Jetzt aber, mit dem geistigen Ausstiegs aus dem Körper und dem Einstieg in eine Energieblase, wäre es möglich, an den Ort zu fliegen, an dem alles begann.

 New York 2566 - Vassar College:

„Es ist zu beweisen, dass es sich beim Urknall um eine Nackte Singularität handelte. Außerdem sollte die Frage gestellt und beantwortet werden, ist der Urknall intelligent gewesen, kann eine Intelligenz nachgewiesen werden oder hat das Ding sogar denken können. Wir haben nun das Team zusammengestellt, welches den ursprünglichen Startpunkt alles Seins besuchen wird.", so Professorin Norma Segal.

Das Team besteht aus 6 Professorinnen und 2 Professoren. Das Raumschiff besteht aus einer Energieblase und wird von der Erde aus programmiert und gesteuert. Überwacht wird das Ganze von Captain Jeff Collins.

Zur Erklärung: Materielle Raumschiffe gibt es seit über 150 Jahren nicht mehr. Körper werden ebenso nicht gebraucht, würden in dieser Energieumgebung und den Geschwindigkeiten auch nicht überleben. Die Dunkle Energie stellt den Antrieb der Energieblase zur Verfügung. Man reitet förmlich auf der Dunklen Materie und erreicht Geschwindigkeiten, die nie zuvor von Menschen erlebt wurden.

Der Start ist für den 6. Mai 2566 festgelegt. Die Anlagen befinden sich in der Nähe von Jersey Mills in den USA.

Jersey Mills, 1. Mai 2566:
Die 8 Teammitglieder finden sich in der Anlage „Space Center Big Bang" ein. Captain Collins ist bereits vor Ort. Er und das technische Team stellen die Energieblase her. Es ist die Größe festzulegen. Die Berechnung eines Startkorridors zwischen Erde und Weltraum wird berechnet und festgelegt. Der Korridor reicht bis zum Saturn. Innerhalb des Korridors erreicht die Energieblase, die man McCormick 1 nennt, eine Geschwindigkeit von ½ Lichtgeschwindigkeit. Verlässt McCormick 1 den Korridor, ist die Übernahme in die Dunkle Materie erfolgt und 57 Jahre, also 57 Erdenjahre, später erreicht McCormick das Ziel, den Anfand allen Seins, den Urknall.

Jersey Mills, 6. Mai 2566:
Es ist 6 Uhr. Die Crew verlässt ihre Körper. Diese werden bis zum Zurückkommen eingefroren. Der Captain ist bereits „on Board", wenn man das so sagen kann. Innerhalb der Energieblase gibt es keine festen Plätzte. Energie vermischt sich, trotzdem bleibt das eigene Bewusstsein.

Jersey Mills, 6. Mai 2566:
Es ist 8 Uhr und 30 Sekunden ... 20 Sekunden ... 10 Sekunden ...
5 ... 4 ...3 ...2 ...1 ... START!

Noch können die Messinstrumente McCormick 1 durch den Korridor
verfolgen. Der Sprachcomputer übersetzt die empfangenen Wellen der
Crewmitglieder. Nach 40 Minuten verstummen sie. Nun ist die Crew auf sich
allein gestellt ... für mindestens 57 Erdenjahre.

„Hier Captain Jeff Collins. Innerhalb der Energieblase McCormick 1 ist ein
Speicher für ein Logbuch eingerichtet. Um uns herum ist der Weltraum hell
erleuchtet. Es ist fast grell. Menschliche Augen können dieses hell grelle Licht
nicht aushalten. Von der Geschwindigkeit nicht zu sprechen. Es ist
erstaunlich, dass wir dieser hohen Geschwindigkeit ausgesetzt sind und doch
nichts davon bemerken. Zeit ist irrelevant. Raum ist irrelevant. Wir wissen,
dass wir existieren, aber es ist so unwirklich."

Ein weiterer Eintrag: „Das Weltall wird dunkler. Wir verringern die
Reisegeschwindigkeit. Wir können nun Galaxien und Sternenhaufen sehen.
Es wird immer dunkler. Damit ist gemeint, so als wenn wir Augen hätten,
sehen wir das Licht. Schwingungsmäßig ist der Raum gut gefüllt. Aber die
Materie wird weniger."

Der vorletzte Eintrag: „Der Raum ist schwarz. Es gibt keine Materie hier in
der Nähe des Urknalls. Wenige Schwingungen verirren sich hier her. In
Richtung der Position des Urknalls ist es leer und schwarz. In der anderen
Richtung erkennt man schwache Leuchtpunkte, also Galaxien. Wir haben den
Startpunkt, bzw. den Endpunkt aus unserer Sicht, Urknall erreicht. Es ist ein
trostloser Ort im gesamten Universum. Hier ist nichts ... hier ist das Nichts
... und doch ist das Nichts etwas! Die Crewmitglieder beginnen mit ihren
Messungen. Ich darf dabei sein. Wir vernetzen unseren Geist, so, als wenn
Wissenschaftler Parabolantennen parallel anschließen, um mehr Signale zu

empfangen. Ich erhalte Antworten und denke, dass Professorin Lydia McCormick nun glücklich sein würde. Wir stellen fest, besser gesagt, wir erhalten Antworten, dass die Komprimierung an Energie so hoch war, dass sich nichts bewegte, nichts veränderte, somit gab es keine Zeit.

Trotzdem gab es die Explosion und Raum und Zeit begannen. Das 4D+X Messgerät in uns stellte kurz vor der Explosion eine minimale Veränderung fest, eine minimale Schwingung, ein Wort, egal in welcher Sprache oder ob überhaupt eine Sprache, eine Idee, ein Wunsch oder was auch immer … übersetzt etwa „START, LASST ES UNS TUN". Es gab also vor dem Big Bang Intelligenz in dem Ding. Es ist auch bewiesen, dass es sich beim Urknall um eine Nackte Singularität handelte. Um den Urknall herum gab es keinen Ereignishorizont, es gab keinen Raum und keine Zeit. Innerhalb des Urknalls aber gab es Intelligenz und Denken. Vielleicht war es ein bewegungsloser Austausch vieler Geister oder aller Geister. Vielleicht war es ein großer Geist, vielleicht der Schöpfer von allen zukünftigen Dingen und Ereignissen. Und eine winzige Bewegung, eine winzige Schwingung brachte den Urknall hervor und Raum, Zeit und Materie entstanden. Ist das vielleicht mit „Gottes Reich" gemeint?"

Der letzte Eintrag: „Wir wollen nun zurück auf die Erde. Wir wissen nicht, wer lebt noch? Wie werden wir empfangen? Waren die Reiseberechnungen korrekt? Wir lassen uns überraschen.

Als es plötzlich ein Ereignis gab, es klopfte sozusagen an unserer Energieblase. Ein heller Leuchtpunkt, eine Energie kam zu uns und ließ uns gedanklich wissen: „Ich freue mich, dass Ihr den Weg hierher gefunden habt. Ich bin nach meinem irdischen Ableben sofort hierhergekommen. Ihr habt alles richtig verstanden. Ich liebe Euch, Eure Lydia" Es war der Kontakt zu Professorin Lydia McCormick, zumindest war das zu Lebzeiten ihr Name. Und somit kommen wir mit mehr zurück auf die Erde, als erwartet. Die Erde wird sich nochmals verändern."

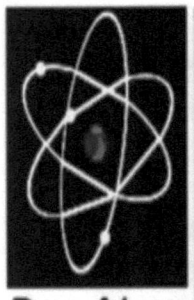

Das Atom

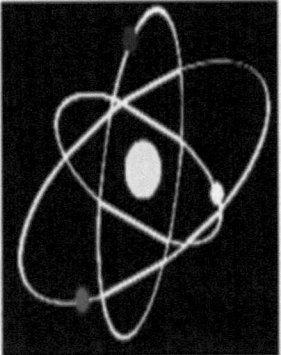

Das Sonnensystem

Die Galaxien

Physikalische Systeme

Objekte, die ein Ganzes sind und sich in der Raumzeit in einer Umgebung abgrenzen, sind Physikalische Systeme. Bislang fehlt der Beweis beim Universum. Überlegung: Viele Universen könnten in einem Raum sein, den man Omnium (das Ganze) nennen könnte. Dann hat unser Universum eine Umgebung. Autorenteam Sültz auf Sylt

Vom Atom bis zum Omnium
Eine Überlegung vom Autorenteam Sültz auf Sylt

Das Universum

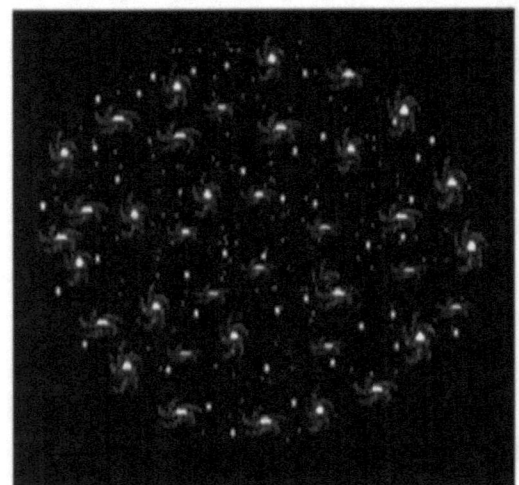

Das Omnium

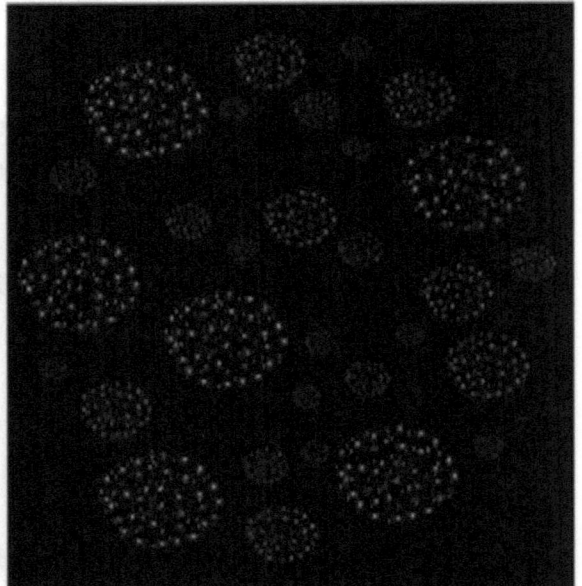

Das Weiße im Schwarzen Loch

„Captain Cliff Danzer an Basis-Kontrolle! Wir senden erste Aufzeichnungen und Analysen der Sonden aus dem Schwarzen Loch zu. In der äußeren Umlaufbahn können wir noch etwa vier Stunden verbleiben, dann folgt der Rücksturz in den freien Raum." Cliff Danzer ist Raumschiffkommandant der GLOBAL PEACE TWO. Das Raumschiff ist mit modernster Technik des 26. Jahrhundert ausgerüstet, um Schwarze Löcher im Universum zu untersuchen. Die 126 Crewmitglieder sind meist Wissenschaftler, da das Raumschiff vollautomatisch von einem Supercomputer der Helos-8000-Serie gesteuert wird. Hauptbestandteil des Bionetic-Computers ist das verstorbene Gehirn von Professor Dan Laurenson, der die Helos-Serie entwickelt hatte. Die Helos-6000-Serie hatte bereits das Universum erklärbar gemacht. Die 7000-Serie entwickelte dann die STIT-Weltraumreisen, „Space Travel Immediately There". Dabei bedient man sich der Dunklen Materie, die überall im Universum vorhanden ist. Wie Professor Dan Laurenson es erkannte: „Das HIER ist auch sofort das DORT im Universum, man muss nur die Dunkle Materie und die Dunkle Energie verstehen!"

Mit dem Raumschiff GLOBAL PEACE TWO war man nun in der Lage, sofort hier und überall dort zu sein. Man nutzte zwar die Dunkle Materie, aber es standen immer noch Fragen an, genauso wie bei den Schwarzen Löchern. Nun aber sollten die letzten Geheimnisse gelüftet werden. „Die Sonden sind zum Start bereit", verkündete Ingenieur Robert Woggon. „Captain an Helos, Start durchführen, Aufnahme und Analyse starten. Captain Status Delta 58", sagte Danzer auf der Brücke. Die Sonden starteten und wurden sogleich vom Schwarzen Loch angezogen. Gespannt sahen alle Crew-Mitglieder auf ihre Monitore. Sie sahen, wie die Sonden wie Spagetti gedehnt wurden. Aber sie übertrugen weiterhin Daten und Bilder. Es war unwahrscheinlich grell im Schwarzen Loch. Immer schneller wurden die Sonden angezogen. Immer höher wurde die Rechenleistung des Computers Helos. Gleichzeitig wurden alle Daten in Richtung Erde gesendet. 30.000 Lichtjahre waren zu überbrücken. Wie gesagt, das funktionierte nur mit STIT. Auf der Erde sah man gespannt zu. „Basis-Kontrolle an GLOBAL PEACE TWO. Täuscht es oder steht ihr alle wirklich bewegungslos vor den Monitoren?", so ertönte es aus der Kommunikation.

Und in der Tat, die Crew bemerkte nicht, dass durch die gewaltige Rechenleistung Helos am Leistungsende war. Langsam driftete das Raumschiff zum Kern des Schwarzen Lochs. Jeder Meter pro Sekunde kam es der Crew wie Stunden vor. Die Informationen, die Bilder und die Eindrücke, waren an den Bildschirmen atemberaubend. Noch nie sah man Atome, Protonen, Neutronen und Elektronen langgezogen wie Regenwürmer. Noch nie sah man gedehnte Lichtpartikel eines Lichtstrahls.

„Basis-Kontrolle an BLOBAL PEACE TWO! Ihr müsst den Rückschub starten! Sofort! Ihr werdet zu stark in das Loch gezogen!" Keine Reaktion auf dem Raumschiff. Niemand rührte sich. Die Kontrollen der Herzfunktion zeigten einen Schlag pro Stunde an. Aber alle Informationen wurden weiterhin zur Basis-Kontrolle gesendet. Ob, wie und was die Crew nun alles sah, auf der Erde konnte man es nur ahnen, denn die Bilder sendeten ununterbrochen weiter. Es wurde heller und heller. Die Kameras der Raumschiffbrücke sendeten nun nicht mehr, die Außenkameras funktionierten noch einwandfrei, wahrscheinlich brach das Raumschiff bereits auseinander.

Auf den Bildschirmen waren nun grelle Strudel zu sehen. Waren Kameras tatsächlich durch das Schwarze Loch gezogen worden? Dann vermutete man am Ende des Schwarzen Lochs wieder den dunklen Weltraum. Die Bildschirme blieben aber hell. Hin und wieder dachten einige Wissenschaftler in der Basis-Kontrolle, dass sie Gesichter gesehen haben wollten oder Schleier. Nichts Genaues wusste man. Die Kameras blieben über Jahrzehnte eingeschaltet. Vielleicht zeigen sie auch heute noch etwas an. Nur erlebte dies der Leiter der Basis-Kontrolle und Freund von Cliff Danzer, Jack Townsend, nicht mehr. Seine letzten Stunden verbrachte er in den Armen seiner Frau. „Gehe zum Licht", flüsterte Amy ihrem Mann zu. „Ich sehe Hände, Hände die mich tragen wollen, Hände, die mich nach oben ziehen wollen. Ich sehe in der Ferne ein Licht. Es kommt näher und näher", sprach Jack. „Gehe darauf zu, bitte", flüsterte Amy weiter. „Ich sehe ein Gesicht. Die Hände tragen mich weiter zum Licht. Es... es ist... nein... ich kann es kaum glauben... es ist mein Freund Cliff. Ich liebe dich, Amy. Ich weiß nun, wir sehen uns wieder." Jacks Seele löste sich vom Körper und stieg zum Licht auf. „Hallo mein lieber Freund", so wurde Jack von seinem Freund Cliff empfangen. „Ich habe diese Gestalt kurz angenommen, damit du mich erkennst.

Ansonsten sind wir formlose Energiewolken in dieser Dimension. Es ist die Dimension aller guten Seelen, aller Universen, in einem unendlich großen Raum, dem Omnium. Als wir mit dem Raumschiff vom Schwarzen Loch angezogen wurden, trennte sich der Geist vom Körper. Der Körper wurde in alle Einzelteile zerlegt und komprimiert. Der Geist dagegen erhielt freien Durchgang direkt ins Licht, direkt in die nächste Dimension. Nun komm mit mir, mein Freund, deine Familie und Freunde erwarten dich bereits."

Es ist also alles ein großer Kreislauf auf der Erde, im Universum, im Leben, in der Liebe, im Nichts, denn das Nichts ist eben ein Etwas!

Die Weltpolitik macht Ernst

Im Jahr 2040 einigten sich nun endlich alle Staaten darauf, dass das Weltklima unbedingt gerettet werden muss. ...
Zwar verbesserte sich ab 2022 das Weltklima, jedoch brachen alle Bemühungen im Jahr 2028 zusammen. ...

2040, direkt am 1. Januar, wurde nun das auf der letzten Weltklimakonferenz festgelegte Protokoll
„GLOBAL FINAL FUEL END – Part 8" umgesetzt. Insgesamt wurden 16 verschiedene Teile verbindlich vereinbart. Kein Staat weigerte sich, das Protokoll zu unterschreiben. Denn nun wurde es Ernst, nachdem der Meeresspiegel um einige Meter gestiegen ist, gibt es einige Städte rund um den Globus nicht mehr. Übrigens gibt es das SÜLTZ BÜCHER Büro in Tinnum auf Sylt schon lange nicht mehr, es liegt alles Unterwasser, von List bis Hörnum, die gesamte Insel ist Geschichte.

Eine erste „Weltklimakonferenz" unter dem Dach der UN, die First World Climate Conference (WCC-1), fand 1979 in Genf statt und wurde von der Weltorganisation für Meteorologie (WMO) organisiert. Hier berieten Experten von Organisationen der Vereinten Nationen (UN) über die Möglichkeiten der Eindämmung der durch den Menschen verursachten schädlichen Klimaveränderungen. Schwerpunkt und wichtiges Ergebnis war die hier ausgesprochene Warnung, dass die weitere Konzentration auf fossile Brennstoffe im Zusammenhang mit der fortschreitenden Vernichtung von Waldbeständen auf der Erde „zu einem massiven Anstieg der atmosphärischen Kohlendioxidkonzentration führen" wird.

In den 16 verschiedenen Teilen wird alles behandelt, was schädlich für unser Klima ist. Dieser achte Teil behandelt alle Arten von Antrieben mit fossilen Brennstoffen. Ob Motorsägen, Laubbläser, Rasenmäher, Züge, Schiffe, Autos bis zu Flugzeugen, alles ist im achten Teil festgelegt.
Vor 30, 40 Jahren war noch kein Denken daran, freiwillig etwas aufzugeben,

was da schon schädlich war. „Die anderen können ja anfangen, mein Rasenmäher läuft noch." So war eben das Denken der Menschen.

Bis dann endlich die Natur zuschlug. In Fahrzeugen mit alten Motoren nach dem Otto- oder Diesel-Verfahren mussten genau am ersten Januar Prüfgeräte eingebaut sein, die die Luftverschmutzung messen. Ob in der Schifffahrt oder bei den Flugzeugen, aber auch bei den noch vorhandenen Oldtimern auf der Straße, die Gesetze sind nun knallhart.

Alle Prüfgeräte arbeiten über Satelliten, messen den CO_2-Ausstoß, geben Alarmberichte an die jeweiligen staatlichen Kontrollbehörden weiter und legen das Fahrzeug bei sehr grobem Verstoß sofort still. Schlimmer noch, bei der Stilllegung wird der jeweilige Motor vollständig zerstört. Die Umsetzung funktionierte gut. Nutznießer dieser Maßnahmen waren Abschleppunternehmen. Mit Oldtimern, die einen zu hohen Ausstoß hatten, konnte der Besitzer noch 30 Kilometer fahren, dann erlosch das Leben des AMG 12 Zylinders. Die Abschleppunternehmen kamen der Arbeit gar nicht nach, alle am Straßenrand nun abgestellten Fahrzeuge abzuschleppen. Die Erde ist Geräuschloser geworden.

Aber auch 2040 ist Kriminalität immer noch ein großes Thema. Raubüberfälle, Diebstahl, Morde und Internetkriminalität sind an der Tagesordnung der Polizei.

Am 6. Juni 2040 stürzte ein großes Passagierflugzeug ins Meer. 386 Fluggäste verloren ihr Leben. Am 18. Juli stürzte ein Passagierflugzeug auf die Freiheitsstatue in New York. Drei weitere Maschinen stürzten zielgenau in Moskau, Tokio und in Berlin auf markante Gebäude ab.

„Es kann kein Zufall sein.", sagt Special Agent Mike Miller. „Zuerst stürzte nur eine Maschine ins Meer. Jetzt werden Ziele ausgewählt, wie es 2001 in New York gewesen ist. Nur vermute ich, jetzt geht der Terror wieder los, jetzt um die ganze Welt." Es dauerte nicht lange und das World Security Bureau WSB wurde gegründet. Jeder Staat bekam ein Büro mit direktem Kontakt zu allen anderen Büros. Computerspezialisten untersuchten die

Black Boxen der Passagierflugzeuge. Sie wurden fündig. „Meine Damen und Herren, mein Name ist Bernd Wardenga, ich bin Ingenieur für Computerwesen. Unsere Resultate aus München möchte ich ihnen mitteilen. Ich möchte sie nicht mit unnötigen Daten nerven, wir kommen schnell zum Ziel. Jedoch etwas Grundkenntnis muss geklärt werden. Die Pro-Kopf-CO_2-Emissionen werden in Computern in den Prüf- und Kontrollgeräten berechnet. Jedes Fahrzeug auf der Straße wird ausgewertet ob sich eine oder vier Personen im Innenraum befinden. Somit können vollbesetzte Wagen weiter und länger fahren. In 5 Jahren ist natürlich auch diese Berechnung hinfällig, denn dann werden alle Fahrzeuge verboten. Flugzeuge müssen heutzutage voll besetzt sein, die Software ist dafür verändert worden. Und hier liegt das Problem. Zwei Black Boxen zeigten ein verändertes Programm."

„Sozusagen ein Computervirus.", sagt Special Agent Mike Miller.
„Genau. Aber wie kommt der ins System? Was wird damit bezweckt?"
„Tja, Erpressung von Lösegeld.", so Miller.

Fragen über Fragen. Antworten wurden konkret noch nicht gefunden. Alle wollen in Kontakt bleiben.

Flug 937 A 63 von New York nach Tokio: Auf den Bildschirmen der Crew und aller Fluggäste wurde folgendes in allen Sprachen eingeblendet: „Was glauben Sie, bedeutet folgender Breitengrad 35.6894875 und Längengrad 139.6917064? Richtig, es ist Tokio. Was glauben Sie, wohin Sie fliegen? Genau, nach Tokio. Und vor der Landung auf dem Flughafen stürzen Sie alle in ein gut besuchtes 11 stöckiges Hochhaus. Schreien ist zwecklos. In drei Stunden ist Ihr Leben zu Ende." Auf allen Monitoren an den Sitzen blendete sich eine Countdown-Uhr ein. Die Passagiere waren geschockt und schrien auf.

Die Crew verständigte sofort das World Security Bureau. Mit aller Macht und Schnelligkeit wurden alle Informationsdienste im Internet und TV angewiesen, dass die Hacker ihre Forderungen stellen sollen. Um Menschenleben zu schützen, wird alles dafür umgesetzt.

Computerspezialist Wardenga arbeitete mit seinem Team unter Hochdruck an einer Lösung. Die Hacker lernten. Zuerst gab es ja den willkürlichen Absturz ins Meer. Dann die gezielten Abstürze in markante Gebäude. Und jetzt werden alle Fluggäste über ihren Tot informiert. „Das ist ja so abscheulich.", sagte Wardenga. Er kam einfach nicht in das Computerprogramm des Flugzeugs. „Wir schießen das Flugzeug ab, solange es noch über dem Ozean ist. Dann ist das Warten auf den Tot kürzer und die Passagiere wissen nicht wann es passiert.", schlug das World Security Bureau vor. „Das ist genauso abscheulich.", sagt Wardenga, nachdem er dies hörte. Das Prüf- und Kontrollgerät ließ sich nicht ausbauen, das ist so gewollt. In das Computerprogramm konnte Wardenga nicht eindringen, das kontrollieren die Hacker.

Wardenga berief per Internetchat wichtige Piloten ein. „Chesley Sullenbergers Notwasserung auf dem New Yorker Hudson River im Jahr 2009 wäre eine Möglichkeit. Sullenberger fielen bei seinem Airbus A320 bei 3000 Fuß beide Triebwerke aus. In der Regel wird das Flugzeug die Flughöhe nicht halten können und in einen langsamen Sinkflug übergehen.", sagte ein Experte von Boeing. So ohne weiteres lässt sich ein Flugzeug nicht abschalten, während des Flugs schon gar nicht. Außerdem muss es steuerfähig bleiben. Unsere Passagierflugzeuge sind trotz ihres Gewichts in der Lage zu segeln. Es kann also noch 153 Kilometer weit gesegelt werden. Dieser Gleitflug würde gute 20 Minuten dauern.

Es bleiben noch eine Stunde und 20 Minuten, um Entscheidungen zu treffen. Mit der Flugzeugcrew wurde das weitere Vorgehen besprochen. Man schaltete das Flugzeugfunkgerät ab und kommunizierte nur noch über Handys. Süd-östlich von Tokio liegt der Hafen am Shiota River. Nun wurde berechnet ab wann das Passagierflugzeug in den Gleitflug übergehen kann. Japanische Schiffe begannen die Hilfsmaßnahmen zu koordinieren. Wardenga schlug vor, die Triebwerke gezielt mit den in den Militärflugzeugen verbauten Laserkanonen zu zerstören. Anders ließe sich der Schub bis Tokio nicht verhindern. Die Steuerung funktioniert ja, lediglich korrigiert die automatische Steuerung das Flugzeug wieder, da von den Hackern schließlich die Koordinaten in Tokio fest einprogrammiert wurden.

200 Kilometer vor der Küste Japans sollte es dann soweit sein. Die Marine ist bereit. Sechs Bomber flogen der Passagiermaschine entgegen. Bei genau 220 Kilometern vor der Küste war es soweit. Die Bomber flogen eine Schleife und zielten auf die Triebwerke der Passagiermaschine. 50 Kilometer vor der Küste war alles bereit. Die Bomber schossen genau bei 200 Kilometern vor der Küste. Alle vier Triebwerke wurden getroffen. Die vier Bomber trafen mit den Laserkanonen perfekt. Die zwei weiteren Bomber hätten einen verfehlten Schuss oder Strahl ersetzen können. Laut Berechnungen beginnen nun die 20 Minuten Gleitflug, das wären 153 Kilometer. Ein Faktor ist natürlich unberechenbar, das ist das Gegensteuern des Computers.

Langsam ging es in Richtung Wasseroberfläche des Ozeans. Immer wieder kämpften die Piloten gegen das Korrigieren des von den Hackern einprogrammierten Kurses auf Tokio. Die Wasseroberfläche kam immer näher. Im letzten Augenblick riss der Kapitän die Nase des Passagierflugzeugs nach oben, noch bevor der Computer korrigieren konnte.

Die Marine war auf Kurs. Das Flugzeug kam mit dem Wasser in Kontakt. Der Aufsetzwinkel war perfekt. Eilig steuerte die Marine das Flugzeug an. In 20 Minuten würde das Flugzeug sinken, aber tatsächlich schaffte es die Marine alle Passagiere und die Crew zu retten.

„Wir haben gesiegt, aber es ist erst der Anfang einer neuen Dimension an Kriminalität. Wir konzentrieren uns nun darauf, die Hacker und Kriminellen zu fassen. Wir müssen im Laufe der Zeit schneller werden, so wie immer, so, wie in jedem Jahrhundert.", sagt Special Agent Mike Miller.

Das Duell

Kalifornien 1886. Sheriff Lee Mc Alister sorgte mit ruhiger Hand für Recht und Ordnung in der kleinen Stadt Red City. Der Ort war umgeben von rotem Gestein. Alles deutete auf Kupfer hin. Trotz Goldgräberstimmung erkannten einige Bergleute, dass Kupfer die neue Geldquelle war. Mc Alister war einst in vielen Krisengebieten tätig und für sein Durchsetzungsvermögen bekannt. Auch für seine schnelle Hand war er bekannt. Jedoch suchte er heute keine Herausforderung mehr. Er wollte nur noch mit seiner Frau und den drei Kindern seine Ruhe haben.

Oft genug wurde er zum Duell herausgefordert. Aus der Vergangenheit, steckt ihm immer noch eine Kugel in den Rippen. Aber irgendwann will er auch diese Kugel entfernen lassen, sodass keine Erinnerung mehr an seine turbulente Vergangenheit da ist. Aber Sheriff Lee Mc. Alister, hatte noch eine Leidenschaft. Das Schmieden hat ihm sehr viel Freude gemacht. Sein Vater und Großvater waren Schmiede und er selbst beherrschte dieses Handwerk sehr gut.

Lee richtete sich eine Zelle in seinem Büro ein um seine Arbeiten durchzuführen. Er entwickelte Sporen für sein Pferd. Diese Sporen konnten sein geliebtes Pferd nicht verletzen. Aber er arbeitete an einer ganz wichtigen Sache, jedenfalls, war sie für ihn sehr wichtig. Er schuf einen Umbau für einen achtschüssigen Revolver. Seine Idee war es, einen zweiten Lauf auf der Pistole anzubringen, eine größere Trommel sollte dabei weitere Kugeln mit kleinerem Kaliber fassen können.

Ein zweiter Hahn wurde ebenfalls integriert. Auf diese Weise wollte Lee weitere 4 Schuss Munition zur Sicherheit bereitstellen. Sein erster Prototyp war geboren. Zum Einschießen wollte er in die Berge reiten. Des Öfteren kamen Fremde in der Stadt an. Viele suchten Arbeit im Bergwerk und andere wiederum, eröffneten einen Laden. Kitty, im Saloon, fiel der tiefsitzende Revolver auf, bei den neuen Fremden. Sie war seit 30 Jahren Bardame und hatte einen Riecher für Ärger. Kitty tippte auf Revolverhelden. Sie ging zum Klavier rüber und gab Jimmy ein Zeichen. Die Gäste am Spieltisch durften nichts merken. „Zwei Bier!", so der eine. „Schöne Stadt!", so der andere. „Auf der Durchreise", meinte Kitty. Ein kurzes „ja" war die Antwort. Um die Stimmung aufzulockern, spendierte Kitty einen Schnaps. Der eine, schluckte ihn, der andere nicht. Er sagte: „Ich muss einen klaren Kopf behalten." „Wie heißt denn euer Sheriff?" „Mc Alister, Sheriff Lee Mc Alister." „Schick' deine Bedienung zu ihm, denn er ist in 30 Minuten tot." Kitty tat es und versteckte einen Zettel in Jennys Hand auf dem stand: Lee, sei vorsichtig, es sind zwei Kerle, die dich umbringen wollen.

Der Sheriff, blieb ganz ruhig und sagte: „Hat man denn nie seine Ruhe. Warum muss denn das sein?" Seine Frau rannte herbei. Sie wusste schon, was jetzt kam. „Nein, tu' es nicht Lee. Du bist nicht mehr schnell genug, ich habe Angst!" „ Ich bringe sie nur zur Vernunft. Bitte pack schon einmal unsere Sachen zusammen. Wenn das hier vorbei ist, fahren wir in die Berge und fangen neu an." Der neue Revolver war noch nicht eingeschossen. Lee lud ihn. Acht Schuss plus vier extra.

Der eine Revolverheld kam auf die Straße und der andere war verschwunden. Der Sheriff, verließ sein Büro und redete mit dem Mann. Dieser rief nur: „Zieh endlich, du Feigling, gleich bist du tot."

Lee beobachtete die Augen des Mannes. Er konnte genau abschätzen, wann der andere zieht. Der Abstand der Männer war noch sehr groß. Der Revolverheld zog. Der Sheriff verschoss alle 8 Kugeln. Der Revolverheld brach zusammen und stand nicht wieder auf, er rief noch: „Macht ihn fertig, Jungs!" Zwei weitere Revolverhelden kamen mit gezogenem Eisen aus der Seitengasse. Sie wussten ja, die Trommel des Sheriffs war leer geschossen, ahnten natürlich nichts von den 4 Schuss in Reserve. Der Sheriff schoss ohne zu zögern seine letzte Munition ab... 4 Schuss... seine Erfindung hatte das Leben des Sherriffs gerettet.

Er kaufte sich mit seiner Frau eine Farm irgendwo im Süden und sie lebten dort mit ihren Söhnen.

Nun erntet er Gemüse, hauptsächlich Bohnen, mit den blauen Bohnen will er nichts mehr zu tun haben, den Revolver begrub er auf der Farm, irgendwo im Wilden Westen.

Die letzte Seite:

Es ist immer schwierig, über sich selbst zu sprechen. Mein Name ist Wolfgang „Koli" Kolrep. Seit jeher lebe ich auf der Insel Sylt, hier war ich Makler und Künstler. Das Autorenpaar gab auch mir die Möglichkeit, einige Kurzgeschichten und Tatsachenberichte, etwa über die Sylter-Inselbahn, zu veröffentlichen. Ich bedanke mich sehr herzlich dafür. Nun frage ich mich, wissen die Leser eigentlich, wer Renate und Uwe H. Sültz sind? In meinem nun letzten öffentlichen Auftritt, möchte ich etwas zum SELFMADE AUTORENPAAR sagen: Renate Sültz ist in der Pflege und im Bankwesen ausgebildet. Autorin ist sie schon Jahrzehnte. In einem Fernsehsender führte sie Regie in einer Kochsendung. Uwe H. Sültz begann sein Berufsleben als Radio- und Fernsehtechniker. Er studierte danach Nachrichtentechnik. Wie er es mir damals sagte, „die totale Erfüllung war das noch nicht". Er arbeitete und lernte sich weiter hoch und wurde Manager einer Arzt-Praxis. Zusätzlich machte er Ausbildungen zum Zahntechniker und zum Goldschmied. Mit Meister Langner fertigte er Goldschmuck für FERRARI. Nach der Vertragsauflösung von CARTIER und FERRARI durften sie das in den 1990er Jahren. Der Schmuck wurde hauptsächlich im Hause AUTO BECKER verkauft. Und wenn man schon bei AUTO BECKER ist, machte Uwe H. Sültz noch Lehrgänge zum Rennfahrer und nahm an der FERRARI CHALLENGE teil. Sein Wissen über Youngtimer und Oldtimer nutzte ihm enorm, so konnte er auch alles selbst reparieren. Uwe H. Sültz trank kein Alkohol und rauchte nicht. Sein Erspartes steckte er in Immobilien. So wurde er noch Makler und sein eigener Hausmeister. Ein Hausmeister-service auf Sylt ist Gold wert. Ganz nebenbei malte Sültz in Öl und modellierte Modellautos für das PORSCHE MUSEUM in Gmünd. Ein weiteres Hobby folgte mit der elektronischen Musik, seine Gruppe THE DIPLIDOKS wurde gegründet. Es hätte so weiter gehen können. Aber nach einem Koma konnte er sich nicht mehr bewegen. Viele Organe fielen aus. Auch aufgrund seines Vorwissens in der Gesundheit kämpfte er sich zurück ins Leben. Heute schreibt er mit Renate Bücher aus allen Genres... es fällt ihnen immer wieder etwas Neues ein.

„Ich ziehe den Hut" *Euer Koli* Westerland auf Sylt 2021